안개 군함

상

안개 군함 ㊤

초판 1쇄 발행 2018년 10월 5일

지은이 구양근
펴낸이 김종해

펴낸곳 문학세계사
주소 서울시 마포구 신수로 59-1, 2층
전화 02-702-1800
팩스 02-702-0084
이메일 mail@msp21.co.kr
홈페이지 www.msp21.co.kr
페이스북 www.facebook.com/munsebooks
출판등록 제21-108호(1979. 5. 16)

값 14,000원
ISBN 978-89-7075-883-1 03810

이 도서의 국립중앙도서관 출판예정도서목록(CIP)은 서지정보유통지원시스템 홈페이지(http://seoji.nl.go.kr)와 국가자료공동목록시스템(http://www.nl.go.kr/kolisnet)에서 이용하실 수 있습니다. (CIP제어번호: CIP2018029443)

안개 군함

상

구양근 역사소설

문학세계사

차례

상권

하권

작가의 말

이 소설은 친일파 제1호 김인승과 강화도조약에 대한 이야기이다.

나는 일본 외무성 외교 사료관에서 사료를 뒤적이다가 온몸이 감전되는 듯 파르르 진동을 느꼈다. 친일파 제1호 김인승에 관한 자료가 무더기로 내 앞에 나타났기 때문이다. 그 자료는 동시에 나로 하여금 더 엄청난 역사 여행을 하게 만들었다. 그가 우리의 최초의 대외 협약인 강화도조약까지 밀접한 관계를 맺고 있다는 것을 알았기 때문이다.

김인승에 대한 자료는 우리나라 친일파 연구의 태두인 임종국이 그의 저서에서 단 한 마디 언급했을 뿐이다. 강화도조약 때 일본 전권대신 구로다黑田와 함께 군함을 타고 온 조선인이 있었는데 그가 김인승이란 것이었다. 그러나 그가 어떤 연유로 일본에 갔고 그가 누구인지 전혀 알 길이 없다고 하였다.

나는 그때 한국인으로서 해방 이후 최초1972로, 한국인을 그처럼 터부시하던 동경대학 동양사학과 박사과정에 입학하여 외교 사료관 사료를 장기간 열람하였고, 그 뒤1995로 다시 같은 동양사학과 교환교수로 가서 외교 사료관 사료를 계속 열독하다가 김인승을 찾아낸 것이다. 나는 김인승의 행각에 대하여 동경대학, 북해도대학 등에서 학술 발표를 하였고, 그때 일본에 주재한 한국 특파원에게 연락하여 이 사실을 국내에 알렸다《한겨레신문》 1996.2.7. 1면 머릿기사 '친일 1호 김인승, 묻힌 행각 드러나'. 내 이름을 알리고 싶어서가 아니라, 이것은 우리 역사에 관한 문제이고 국가적인 문제였기 때문이다.

내가 왜 강화도조약을 그처럼 중시하고 김인승을 그처럼 중시하느냐 하면, 강화도조약으로 말미암아 우리나라는 사형 구형을 받은 것이고사형 선고는 청일전쟁의 시모노세키 조약, 사형 집행은 한일합방, 친일파란 어떤 특별한 사람이 되는 것이 아니고 매우 강직한 사람이라도 자칫 한 번의 판단 착오로 그처럼 된다는 것을 말하려 함이다. 김인승은 구로다를 도와 조선을 개국시키는 것이 애국인 줄 알았다. 그러나 결과는 그 반대로 매국이었던 것이다.

국가의 발전은 몇백 년, 몇천 년의 세월이 필요한 것이 아니다미국의 역사는 2백여 년밖에 안 됨. 미국의 페리 제독이 대포로 위협하여 일본을 개국1854시킨 지 불과 22년 만에 일본의 구로다는 똑같은 수법으로 조선을 개국1876, 강화도조약시킨다. 그것이 일본으로서도 최초의 해외 진출이었고 한국도 최초의 외국과의 조약이었다. 국가의 발전이란 방향이 맞으면 사나흘 동안에, 3백 년, 4백 년 동안에 못 다한 일을 해낼 수도 있고 방향이 틀리면 백 년, 천 년이 걸려도 안 되는 것이다.

나는 이런 내용들을, 물론 국내 학술지에 논문으로 발표하였으나 읽었는지 안 읽었는지 아무런 반응이 없다. 그래서 결심한 것이 이것을 소설화해야겠다는 것이었다. 약간의 허구만 가미하여 이 중요한 역사적인 사실을 스토리텔링해 줌으로써 한국인이 반드시 알아야 할 숨은 이면사를 널리 알리고 싶었기 때문이다.

구양근

경흥부 관아

1

경흥부 관아는 한가로웠다. 늦가을의 느릅나무 아래서 허술한 차림을 한 네댓 명의 농민이 사또의 기침을 기다리고 있었다.

어제저녁 풍악놀이가 과만했는지 해가 중천에 떴는데도 내아에서는 이렇다 할 기색이 없었고 일하는 아낙들과 몇 명의 졸개들만 이리저리 움직였다. 한참 만에 내아의 문을 열고 나온 젊은 기생이 옷고름을 매만지며 동헌 뒤쪽으로 돌아가자 그것이 사또의 기침을 알리는 신호라도 되는 듯 일제히 시선이 내아로 쏠렸다.

송사를 기다린 듯한 농민들의 얼굴에는 초조함과 지친 기색이 역력했다. 추위가 일찍 찾아오려는지 으스스한 한기가 은근히 핫바지 사이로 스며들었다. 송사가 늦어지면 먼 곳의 농민들은 기근도 뒤로하고 일단 읍성에 방을 얻어 기거해야 했다. 가산이 튼실한 가정도 송사를 오래 끌면 파산되기 일쑤였다. 특히나 이렇게 흉년이 든 해라면…….

언제 나타났는지 이방 은도일이 걸어 나오는 것을 보고 한 농민이 말을 건넨다.

"저, 나리! 사또께서는 기침 아니했습니까?"

"무슨 일 때문에 그러느냐?"

"저희들 일을 오늘은 좀 끝내 주십사 해서 왔습니다만."

"너희들을 부르지 않았는데 무엇 때문에 제 발로 왔단 말이냐. 어서 돌아가서 부를 때까지 기다려라."

"나리……."

"이 고얀 놈 같으니라고. 썩 물러가지 못할까."

이때였다. 사또의 기침을 기다리던 농민이며 이방과 졸개들은 일제히 귀를 쫑긋이 세우고 한쪽에 귀를 기울였다. 어디선가 왁자지껄 하던 소리가 나더니 이내 그 소란이 이쪽으로 옮겨 오고 있었다. 어느덧 농민들의 송사 건은 흐지부지되고 관심은 다른 곳으로 쏠렸다.

경흥부 관아에 뜻하지 않은 긴장감이 감돌더니 언제 나타났는지 병방의 고함 소리가 들렸다. 병졸들이 여기저기서 나타나며 어떤 자는 삼지창을 들고 어떤 자는 육모방망이,

포승줄을 휘두르며 나타났다. 굶주린 백성들이 떼 지어 항의하러 오고 있는 것이었다.

그해, 기사년1869의 기근과 대홍수는 주로 북부 지방에서 시작이 되었다. 남부 지방은 그나마 땅이 기름져 비빌 언덕이라도 있지만 북부 지방은 흉년이 들면 아사자가 속출할 수밖에 없었다. 논이 적고 전작이 대부분인 북부는 수탈당하고 남은 조, 귀리, 수수 같은 잡곡으로 겨우겨우 연명하고 있었다.

경흥부는 우리나라에서 유일하게 두만강을 사이에 두고 중국, 러시아와 국경을 접하고 있는 삼국 접경 지역이다. 그런 연유로 그 지역 농민들은 중국과 러시아 농민들의 생활상도 소상히 알고 있었다. 오늘 웅기의 관아로 몰려드는 70여 명의 기민饑民들은 인근 아오지와 풍해민이 웅기 농민 황만수의 집에 모여 회합을 갖고 부사 윤협尹暎에게 탄원을 하러 몰려가는 길이었다. 필두는 황만수였고 아오지민 남필만과 풍해민 정찬희가 뒤를 받치고 섰다.

부사 윤협은 전에 대원군을 직접 모시던 사람으로서, 대원군의 직접 천거로 경흥부사가 되었기 때문에 중앙 관원도 함부로 하지 못하는 인물이었다. 들리는 소문으로는 대원군에게 강아지만 한 황금 두꺼비를 상납하고 따낸 자리라고 하였다. 재임 도중에도 대원군에게 가는 봉물 행차는 일 년에 설과 추석 두 차례를 거르는 일이 없었고, 중간에도 수시로 봉물 행차가 이어졌다. 그의 동아줄 같은 배경은 윤협을 안하무인의 사또로 만들고 있었다. 계해癸亥, 1863 6월에 함경도 경흥부 부사로 부임했고, 3년이 지나자 그의 치적을 가상히 여긴다는 취지로 경흥부사 겸 방어사로 승진하여 다시 3년째가 되었다.

6년 전 윤협이 경흥부사로 올 때 출영나간 것은 이방 은도일이었다. 한양에서 지방관으로 부임하는 길은 세 코스가 있다. 한양에서 평안도로 연결되는 서발西撥과 한양에서 동래로 연결되는 남발, 그리고 한양에서 함경도를 연결하는 북발이 그것이다. 윤협은 북발의 길을 따라 각 역참에 투숙하며 경기의 파발막인 두험천참豆險川站 양주를 거쳐 강원도의 풍전참豊田站 철원을 지나 함경도의 아오지참阿吾地站 경흥에 이르렀다. 여기서는 반드시 하룻밤 쉬는 것이 관례로 되어 있다. 그렇게 쉬고 나면 다음 날 바로 임지 웅기에 도착할 수 있었다.

앞서 출영 나온 수리首吏. 이방의 행낭 속에는 으레 작은 책자 한 권이 들어 있었으니 이름하여『읍총기邑總記』라는 것이었다. 거기에는 봉록俸祿, 미전米錢의 수와 백성을 농간하여 사취하는 방법이 갖가지로 나열되어 있다. 수령은 그것을 받고는 흔연히 기쁜 기색을 띠고 조목조목 캐물어서 그 묘리와 방법을 터득하고, 임지에 도착해서는 다시 수리와 머리를 맞대고 새로운 방법을 창출해 내곤 하였다.

"신임 사또께 인사드립니다. 저는 이방 은도일입니다. 먼 길을 오시느라고 고생 많이 하셨습니다. 오늘 밤 여기서 푹 쉬시는 동안 제가 작성한 읍총기 내역을 설명드리겠습니다."

"그래, 자세한 내역은 임지에 도착해서도 들을 기회가 얼마든지 있겠지. 그런데 경흥부는 토지가 척박하여 뭐 우려낼 것이나 있겠나?"

"그렇지도 않습니다. 여기 장외부결帳外浮結을 보십시오. 은결隱結, 여결餘結, 누결漏結이란 이름으로 양안量案, 토지대장에서 빠진 부결이 4천 결이나 됩니다. 삼남 곡창지대의 아주 큰 읍성에서도 1만 결의 장외부결이 있다고 하면 모두 놀라는 정도인데, 이런 척박한 부에서 4천 결이면 결코 적은 것이 아닙니다."

7년 전 임술년1862 기근에는 삼남 지방을 중심으로 각지에 민란이 일어났다. 특히 진주 지방은 그 정도가 심하여 관아를 부수고 이졸들을 죽이고 요호부민을 습격하였다. 그런데 올해는 북부 지방에서 기근에 홍수까지 겹치고 만 것이다.

“부사는 나오셔서 원민들의 소장을 받으시오.”

“네 이놈들! 여기가 어딘 줄 알고 함부로 소란을 피우는 것이냐. 너희들의 거동이 얼마나 큰 죄가 되는지 알기나 하느냐.”

“백성은 국가의 근본이요, 군주의 하늘이라고 하였소. 백성 없는 나라가 어디 있으며 백성 없는 군주가 어디 있을 수 있단 말이요. 부사께서는 어서 나와서 백성들의 요구를 들으시오.”

소두疏頭 황만수와 이방의 주거니받거니 하는 말에 원민들은 “와와!” 소리를 질렀다. 언제 모여 들었는지 원민들 주위에는 수백 명의 구경꾼이 운집하였다. 아낙네들이며 농민 차림의 구경꾼들은 황만수의 말에 전적인 동의를 표하고 이방의 말에는 “우우!” 야유까지 퍼부었다.

“올 기근으로 정부로부터 구호미가 도착했다고 들었소. 구호미는 어디로 가고 아사자가 속출하는데도 배급이 없단 말이오?”

“누가 그 따위 허무맹랑한 요언을 유포하고 다닌단 말이냐? 니가 뱉은 말에 책임을 지렷다!”

"아니 땐 굴뚝에 연기 날 리 없소. 우리는 정부로부터 긍휼미가 당도하였다는 소식을 오래전에 들었소."

"긍휼미가 아니고 정부로부터 염가로 사들인 곡식이 도착하여 부민들에게 팔고 있지 않느냐. 그것 말고 무상 구호미는 도착한 적이 없다."

그때였다. 아까부터 군졸들과 같이 서서 이 광경을 유심히 보고 있던 호방戶房이 앞으로 나섰다. 바른말 잘하기로 유명한 관아의 서리 김인승金麟昇이었다. 올해 44세인 김인승은 경흥부 관아의 6방 중에서 가장 나이가 젊은 서리로 먹물 먹은 태가 역력하고 청렴한 선비의 기품까지 지니고 있었다. 김인승은 원민의 필두인 황만수와는 오래전부터 잘 아는 친구 사이기도 했다. 그도 구호미의 행방을 벌써부터 알고 있었고 사또와 이방의 작간에 극도의 불만을 품고 있던 터였다.

"잠깐! 잠깐 기다리시오. 방금 당신이 한 말에 책임을 진다면 내가 부사를 만나서, 부사께서 직접 나오셔서 설명하시든가 저에게 사실 여부를 말씀하시라 해서 여러분에게 알려 드리겠습니다. 여러분, 내 의견에 동의하십니까?"

"동의하오. 어서 사또를 만나서 꼭 그렇게 전해 주시오."

"알았소. 내가 사또를 만나는 동안 여러분은 진정하고 앉아서 기다리시오."

사람들은 그가 김인승이란 것을 잘 알고 있었다. 관아의 외톨이로 항상 바른말만 하다가 사또의 눈 밖에 난 인물이었다. 부사는 그를 당장 파직하고 싶었으나 백성들의 신임이 두터워 함부로 손을 대지 못하고 잠깐 천연하는 중이었다.

김인승의 가문은 원래 뼈대 있는 집안이었다. 그의 본관은 김해이며 먼 조상 중에는 중앙 정부에서 현관을 역임한 사람이 꽤 많았다. 19대 김인찬金仁贊은 조선조 좌명개국공신으로 한성판윤을, 16대조 김수金銖는 호조판서, 14대조 김응량金應亮은 임진왜란 뒤 진무공신으로 훈련원 판사를 지냈다. 그러나 11대조 김연金鍊이 승정원 좌승지로 있던 중 득죄하여 함경도 북청으로 유배된 이후 사면을 받지 못한 채 그곳에 계속 머무르게 되었고, 이어 7대조 때에 두만강변에 있는 경흥으로 이사한 뒤로 그의 집안은 토반으로 전락되고 말았다. 그런 가계의 내력 때문인지 그는 서리답지 않게 타고난 옹고집의 유가적 지식인 기질을 드러내곤 했다.

정부로부터 구호미가 도착한 것은 사실이었다. 올 기사년의 기근은 주로 북방 지방의 피해가 막심하였고, 특히 경흥부 인근 5~6군의 아사자만 기천 명에 이르게 되었기 때문이었다. 그 구호미를 윤협이 이방과 공모하여, 이 곡식은 정부가 경홍 부민을 위하여 준 염가미라고 기만하였다. 매각 가격은 시세보다 싸기는 하였으나 그것을 살 만한 여력이 있는 농민은 한정되어 있었다. 그러는 사이에 요호부민들이 그 구호미를 대량 매입하여 다시 빈민에게 파니 거의 원시세에 육박하였고, 구호이건 염가이건 백성과는 무관한 것이 되고 말았다. 김인승이 동헌으로 들어가자 부사의 주위를 군졸들이 에워쌌다. 밖의 군중과 대치하고 있는 군졸보다 오히려 더 많은 군졸이 부사를 호위하고 있었다.

"사또! 이제 더 이상 사태를 방치할 수 없습니다. 나리께서 직접 나서서 원민들의 소리를 듣고 해결책을 강구하셔야 합니다. 구호미였건 염가미였건 사또께서 직접 나서는 길밖에 방도가 없습니다. 꼭 직접 설명하실 사정이 안 되시면 저에게 사실을 말씀해 주셔서 제가 백성들에게 그대로 설명하게 해주십시오."

"네 이놈! 너는 내 편이냐 농민 편이냐. 나더러 저 성난 군중 앞에 직접 나서란 말이냐?"

"목민지관은 마땅히 제 백성의 소원을 들어주어야 합니다. 저 백성들은 나리의 친자식이나 마찬가지인 본부本府의 농민들입니다. 전혀 두려워하실 필요가 없습니다. 오늘 만약 원만한 해결을 보지 못한다면 내일 더 많은 숫자의 백성들이 몰려오고 모레는 더 많은 인원으로 불어날 것입니다. 꼭 못 나가시겠다면 저에게 자초지종을 말씀해 주십시오."

"네가 관아의 기밀을 모두 누설하고 있지? 백성들이 항상 관아의 내밀한 사정들을 알고 있는 것이 의심스러웠더니만 바로 네놈이 범인이었구나."

"사또, 그런 식으로는 문제가 해결되지 않습니다. 근본적인 해결책을 강구하셔야 합니다."

"내 말에 부인은 하지 않는구나. 이제 마각이 더 분명히 드러나고 있다. 여봐라! 저놈을 당장 포박하라."

군졸들이 일제히 움직이려는 기미를 보이는데 언제 들어왔는지 농민과 대치하고 있던 이방이 길을 가로막았다.

"사또! 지금 김인승을 포박하는 것은 불에 기름을 붓는 격입니다. 지금은 때가 아닙니다."

"알았다. 호방 건은 잠깐 미루기로 하고 저 패도들을 어서 해산시켜라. 어서!"

사또를 호위하고 있던 군졸들이 병방의 인솔 아래 일제히 밖으로 나가고, 밖에 있던 군졸과 안에 있던 군졸이 합류하자 병방의 일갈호성이 나왔다.

"쳐라! 해산시켜라!"

군졸들의 육모방망이가 인정사정없이 군중을 후려치기

시작했다. "아이쿠!", "사람 잡네!" 하는 소리가 여기저기서 터져 나오며, 앞 열의 시위대가 박이 터지고 팔이 부러진 모습을 본 군중은 일제히 사방으로 흩어지기 시작했다. 역졸들은 추격하며 치고 밟고 하여 원성과 아우성이 경흥부 하늘을 붙들고 있었다.

2

그날 밤이 이슥할 무렵, 변두리 촌가의 어느 사랑방에 일고여덟 명의 남자가 머리를 맞대고 있었다. 원민의 소두 황만수와 호방 김인승, 김인승의 조카 김학우金鶴羽, 그리고 아오지 원민 남필만, 풍해 원민 정찬희와 그의 친우들이었다.

"이제 우리의 길은 분명해지고 있소. 내일이라도 다시 백성을 규합하여 관아로 쳐들어가서 우리의 뜻을 관철하든가, 처음부터 대표를 한양으로 파견하여 광화문의 신문고를 두들겨 임금께 직접 상주하든가 해야 할 것이오."

"아시다시피 관아로 쳐들어가서 우리의 뜻을 관철시키는 것은 쉽지 않소. 지금까지 삼남 지방의 관아 기습 사건들도 대부분 실패로 돌아갔고, 올 들어 북방의 농민 탄원도 모두 실패로 돌아갔소. 신문고를 두들겨 직소한다 하여도 과연 그 일이 순조롭게 이루어질지도 문제이고, 만에 하나 소장이 임금의 손에 들어간다 해도 경흥부사는 천하가 다 아는 대원군 사람이오. 아무리 경흥부사가 잘못하였다 하더라도 효자인 임금이 부친의 사람을 내치기란 쉽지 않을 것이오."

"그렇다면 다른 좋은 방법이 없겠소?"

"따로 우리의 활로를 찾는 길밖에 없습니다."

"연해주로 탐색 갔던 세 사람이 지난달에 도착하여 러시아의 조선인 대우가 괜찮다고 전해 왔습니다. 우리도 연해주로 탈주하는 것이 상책일 것입니다."

"우리만 탈주하면 남은 백성은 어찌하란 말이오."

"그 사람들은 개인적으로 약간 시간을 두고 활로를 찾기로 하고 내일 당장 관아에서 찾아 나설 사람은 오늘 중으로 결행을 하는 것이 상책일 것이오."

그들의 담론은 차츰 월경 탈출로 모아지고 있었다. 소두가 된 황만수와 서리로서 자기 상관의 뜻을 거역한 김인승은 선택의 여지가 없었고, 나머지는 개인 사정들이 있어서 당일로 결행하기는 어렵다고 했다. 김인승을 그림자처럼 따라다니던 열아홉 살의 조카 김학우는 자기도 삼촌과 동행하겠노라고 굳은 결심을 드러내 보였다.

임술 민란이 있기 2년 전1860, 애로호사건Arrow號 事件, 1856을 계기로 영불 연합군은 북경을 점령하고 천하의 독불장군을 자처하던 중국을 무참히 짓밟아 놓았다. 이 기회를 놓칠세라 러시아는 잡은 짐승을 나누어 먹자고 달려드는 하이에나처럼 영불 두 나라와 청나라 간의 조정 알선을 자청하였고, 그 보상으로 따로 청국과 베이징조약1860을 체결하여 오소리강烏蘇里江 동쪽의 드넓은 연해주 땅을 획득하는 데 성공했다. 이로써 러시아는 조선의 경흥부와 맞닿게 되어 처음으로 조선과 러시아 양국이 국경을 접하게 되었다.

1863년 무산茂山의 최운보崔運寶와 경흥의 양응범梁應範 두 사람이 선두에 서서 함경도 농민 13가구를 이끌고, 월경을 엄금한 국법을 어기고 두만강을 건너 훈춘訓春, 또는 琿春을 지나 지신허地信墟, 현재의 비노그라드나야강에 도착한 것을 본격적인 한인 이주의 시작으로 보고 있다.

1868년에는 9백 명이 월경해, 일부는 지신허로부터 14킬로미터쯤 떨어져 있는 연추강煙秋河, 현재의 추카노브카 가의 연추 마을煙秋, 노우키에프스크로 이주했다.

지신허에 이어 연추가 새로운 정착지로 알려지면서 조선의 월경 농민 1백 50가구가 이곳으로 이주해 왔다. 이들 가운데 일부는 연추에 남고 나머지는 블라디보스토크로 가서 한인촌을 이루었다. 그 중 일부는 다시 수이푼강현재의 라즈돌리노예강으로 옮겼다. 그 결과 1869년에 수이푼 강가에 푸칠로브카 마을이 형성되었는데, 이 명칭은 정착 계획의 책임자였던 러시아 관리의 이름에서 따온 것이다. 이곳은 후에 추풍秋風, 秋豊, 吹豊 한인 마을의 연원이 되는 장소로써, 김인승 역시 초기 정착민들과 같은 해1869, 기사년에 이곳에 도착한 것이다. 이곳은 니코리스크현재의 우수리스크 행정구 안에 있었고, 훗날 북부에서 가장 큰 한인 마을이 된다.

김인승이 월경하던 1869년은 홍수와 흉년에 뜬소문까지 가세하여 가을과 겨울에 대규모 이주가 이루어졌다. 뜬소문이란 웅기만에 미국 상선이 표착하였는데 적재된 물화를 보고도 없이 나누어 가진 사건을 조사하러 영문 장교營門將校가 온다는 소문이었다. 경흥 읍민은 거기에 이번 경흥부 관아 난동 사건까지 더해지자 지레 겁먹고 김인승의 뒤를 이어 11월에 96가구가 두만강을 건넜다.

그해1869 경흥부 농민이 탐색에 나서기 이전 이주민들에게 러시아 당국은 인구가 희박한 지역을 안배하고, 지방관 책임 하에 회유책을 쓰고 있었다. 한편 조선의 관리는 자국민이 러시아와 친한 것을 좋지 않게 여겨 함경도 일대의 월경자를 엄벌한다고 공포하기에 이른다. 때문에 일단 국경을 넘은 자는 귀환이 불가능해지는 악순환을 낳게 된 것이다.

원래 『속대전續大典』에 보면 '서북연변西北沿邊, 범월 채삼전렵자犯越採蔘佃獵者, 수종 개경상참首從皆境上斬'이라고 되어 있다. 서북 변방 지방에서 국경을 넘는 자는 인삼을 캐러 가든, 소작을 하러 가든, 수렵을 하러 가든, 주범 종범을 막론하고 모두 국경 현장에서 참수한다는 것이다. 물론 그것이 제대로 지켜진 것은 아니었지만 그런 법이 있는 한 구속력을 무시할 수는 없었다.

블라디보스토크 일대에는 당시까지만 해도 조선인이 가장 많았다. 조선인 다음이 러시아인, 만주인, 만성인萬城人, 만리장성 주변의 가난한 중국인 순이었다. 그 중 만주인·만성인·조선인은 여름에는 날품팔이나 어렵 혹은 타인의 복부僕夫 노릇을 하다가 겨울이 되면 고향으로 돌아가는데, 고향으로 돌아간 자는 대부분 만주인·만성인이고 조선인은 돌아가는 자가 적었다. 조선인으로 새로 러시아에 와서 정착한 자들은 스스로를 '까오리高麗'라 칭했다.

러시아 정부에서는 월경해 온 조선인에게 자본을 선불해 주기도 하고 토지를 무세로 대여하여 경작하게도 할 뿐 아니라 날품팔이나 도로 수선에 부려먹기도 하여, 1일에 62전 5리~75전까지 지불하여 준다는 사실이 서북방 조선인에게 알려지기에 이르렀다.

김인승과 김학우, 황만수는 간단한 채비를 하고 그날로 월경하기로 합의하였다. 그런데 아오지 원민 대표 남필만이 자기도 월경하겠다고 뒤늦게 합세를 원했다.

"자네는 이곳에 남는 것이 좋겠네. 특히 자네의 매씨妹氏가 정부 고위의 여부인如夫人, 첩이기 때문에 자네가 월경할 경우 잘못하면 상서尙書, 판서의 별칭에게까지 영향을 미칠 수 있네."

"아닙니다. 내가 여기 그대로 남아 있으면 부사가 가만히 있을 사람이 아니지 않습니까? 나도 형씨들과 함께 행동하겠습니다."

김인승의 권고에 남필만이 거절하며 자기의 뜻을 굽히려 하지 않자, 이번에는 황만수가 한 마디 거든다.

"김공의 말이 맞네. 자네가 월경하면 여러 가지 예기치 않은 일이 일어날 수도 있네."

"무슨 일이 일어날 수 있단 말입니까? 형씨들과 다를 것이 무엇입니까?"

"아니네, 우리만 월경하는 것이 좋겠네. 자네들은 조선 안에서 피신했다가 한두 해만 지나서 돌아오면 별 큰 탈은 없을 것이네. 그동안 부사가 바뀔 수도 있고. 지금 부사가 지목한 것은 나와 김공이기 때문에 자네들은 크게 걱정 안 해도 될 것이네. 그렇지 않으면 조그만 지역적인 문제를 중앙에서 크게 취급하여 많은 사람에게 해를 끼칠 수도 있네."

김인승과 황만수의 끈질긴 설득에 의하여 남필만은 경홍에 남기로 하였다. 남필만은 원래 상민의 집안인 데다가 당장 끼니를 때울 양식도 없는 가난한 생활을 하고 있었기 때문에, 어떤 사람이 늦둥이 삼례를 기생으로 알선한 데 대해 아무도 이의를 달지 못했다. 남필만의 동생 삼례는 어려서부터 가난 속에서도 여색이 출중한 아이였다. 그리하여 열일곱에 평양 감영의 관기가 된 삼례는 그때 갓 평안도 관찰사가 되어 부임한 서른 살의 청년 조성하趙成夏의 눈에 띄게 되었다. 조성하가 임기를 마치고 지경연사知經筵事에 특탁特擢되어 서울로 내려올 때 삼례를 대동하였다. 조성하는 그 뒤로 공조판서, 예조판서를 역임하고 올해는 언감생심 천관이라고 하는 이조판서의 자리까지 오른 것이다. 그러나 삼례의 집안이 너무나 미천하여 일체 입에 담지를 않았으며 삼례도 고아인 척 생활하며 몰래 약간의 금화를 빼내어 경홍 친정에 보내 주곤 하였다. 그렇게 보면 원래 남필만은 원민의 필두가 되어서는 안 되는 인물인데도 그의 출신과 천성적인 의협심 때문에 자청하여 농민 봉기에 앞장선 것이었다.

남필만의 일이 마무리되자 황만수가 말한다.

"집에 가서 준비를 해와야 하지 않겠나."

"자네만 가서 짐을 챙겨 오시게. 나는 이대로 떠나겠네. 집에 가면 가솔들이 놓아 줄 것 같지 않네."

"작은아버지! 그럼 제가 집에 들어가서 작은아버지 짐까지 챙겨 오겠습니다."

"그럼 부탁한다. 네가 요령껏 행낭을 챙겨 오너라."

김인승은 세 사람을 돌려보내고 혼자 자기 집 쪽으로 발걸음을 옮겼다. 마당이 내려다보이는 삼밭에 서서 집을 내려다보니 아들은 작은 방에서 책을 읽는 듯 앉아 있는 모습이 문창에 비추이고, 아내는 부엌에서 무엇인가를 하며 방 안의 아들딸과 이야기를 하고 있다. 김인승은 가슴이 울컥치밀어 오르며 잠시 생각하였다. 자기가 수감되어 고초를 당하면 가족은 이제 풍비박산이다. 죄란 원래 '원님 맘대로'란 말도 있지 않은가? 그런데 다행한 일은, 윤부사는 전에도 한 죄인이 죽자 그의 가족에게는 죄를 묻지 않았던 일이 있다. 이번에도 자기만 멀리 사라지면 자기 가족은 무사할 것 같았다. 김인승은 자기도 모르는 사이에 고인 눈물을 주먹으로 닦으며 독한 마음을 먹고 몸을 돌렸다.

한참 후에 세 사람은 마을 변두리에 있는 당산나무 아래서 다시 만났다. 김학우는 괴나리봇짐 두 개를 준비하여 당도하였다. 세 사람은 서로 손을 잡고 굳은 맹세를 했다.

웅기에서 걸어서 두만강구인 서수라西水羅까지 50리, 서수라에서 해안선을 타고 조산造山까지가 20리, 조산에서 두만강을 건너는 화견봉花見峰까지가 20리이다. 중간에 산이 있고 내가 있으나 넘지 못할 곳은 없었다. 넉넉잡아 1백 리만 걸으면 월경할 수 있는 것이다. 화견봉은 청국의 길림과 러시아의 연해주가 갈라지는 경계선 건너편이며 두만강을 건너는 길목이다. 사람의 눈에 띄지 않게 하기 위해서는 화견봉에서 약간 두만강 하구 쪽으로 내려와서 건너면 된다. 거기는 강폭도 좁은 곳이 있었다.

두만강을 막 건너면 전에 조선 땅이었던 녹둔촌鹿屯村에 이른다. 거기서부터는 러시아 땅이다. 녹둔촌에서 줄하대까지는 50리, 줄하대에서 만을 가로지르면 그곳이 바로 포시엣이다. 우리 조상들이 예부터 무허위無墟崴라고 부르던 곳인데 바로 얼마 전에 러시아의 포시엣 장군이 그곳의 토착민을 진무하고 개항하였다고 해서 그의 이름을 따서 새로 붙인 이름이다. 만을 건너지 않고 해안선을 따라 걸으면 40리 길에 연추가 나온다. 연추만 가면 마음을 놓을 수 있었다. 이 지역은 예로부터 조선 사람이 아주 많이 살던 곳으로 지금도 옛날 조선인 후예가 많이 거주하는 곳이다. 연추에서 다시 만을 따라 10리만 걸으면 팔목八目이란 곳에 이르는데 이곳 역시 조선인 후예가 많은 곳이다. 팔목에서 20리 떨어진 포시옛은 새로 항구를 축조하여 일자리가 풍족했다. 포시옛 바로 위가 지신허地信墟이다. 남부에서 가장 큰 한인 마을이 지신허이고 북부에서 가장 큰 한인 마을이 추풍이다.

세 명이 서수라까지 가는 길은 잉크빛 하늘에 금모래를 뿌려 놓은 듯 크고 작은 별들이 쏟아져 내릴 듯 길을 비추어 주었다. 가끔 가까운 거리에서 토끼며 고라니가 후다닥 튕겨 달아나는 데는 기겁을 할 지경이었다. 산새도 퍼드득 날갯짓하고 옷깃을 스칠 듯이 날아올랐다.

일행이 조산을 지날 때는 한치 앞을 분간할 수 없을 정도로 칠흑같이 어두운 밤으로 변하였다. 새벽이 오려는 징조였다. 이윽고 언제 떴는지 가느다란 그믐달이 동쪽 하늘에 그려지고 한을 품은 산짐승의 숨소리인 양 마지막 긴박감이 박차를 가하고 있었다. 조산에서 10여 리를 걸었을 때는 그믐달은 벌써 하늘 어딘가로 잦아들고 멀리서 화견봉의 불빛이 깜박였다. 동녘 하늘은 벌써 먼동이 터오는지 밝은 빛이 희미하게 하늘을 물들이고 있었다.

'화견봉까지 다 가면 안 된다. 그곳에는 분명히 어떤 관원

부스러기가 지키고 있을 것이다.'

세 사람은 약속이나 한듯 두만강둑 쪽으로 발걸음을 옮겼다. 우거진 억새풀이 가벼운 마찰을 하며 바람결에 흔들거리고 있었다. 강 가까이는 버들가지가 우거져서 가지를 잡아 헤집고 밑으로 몸을 밀어 넣었다. 강에 발을 들여놓자 두만강의 11월 물살은 살을 에듯이 차가웠다. 잡은 버들가지를 놓으려는 순간 김인승은 이것이 조선 땅을 마지막 밟는 순간일 수도 있다는 생각이 들었다. 잡은 버들가지를 놓지 않고 있다가 시들은 버들잎을 한 줌 훑어 괴나리봇짐 사이에 비집고 넣었다. 보따리를 위로 쳐들고 들어가자 발이 뜨는 듯한 강심에 이르렀다. 한두 번 헤엄을 치자 금방 발은 돌에 닿았다. 러시아 쪽 강 언덕은 상당히 가팔랐다.

황만수가 먼저 언덕을 올라 억센 팔로 김인승과 김학우의 팔을 잡아 당겨 언덕 위에 올려놓았다. 세 사람은 이제 모든 긴장감이 다 풀려 풀밭에 벌렁 드러누웠다. 한참 만에 허리를 펴고 녹둔촌을 바라보니 러시아의 불빛이 한두 개 눈에 들어왔다. 마침내 세 사람은 월경 탈출에 성공했다.

동해를 가르는 한 척의 배

1

요코하마 주재 러시아 영사관 접견실에는 일본 외무성 7등출사出仕 세와키 히사토瀨脇壽人와 러시아 공사 스트루베 Charles Kirill von Struve가 마주 앉고 통역관으로 마렌다가 배석하였다. 다른 러시아 관원 한 명과 세와키가 대동한 통역관 모로오카 사다토諸岡定人는 본 테이블에 앉지 않고 별도의 의자에 앉아 두 사람의 대화를 열심히 필기하고 있다.

때는 메이지 8년1875 4월 7일, 세와키가 일어로 말하고 마렌다가 러시아어로 통역을 한다.

"저는 일본 외무성 7등출사 세와키 히사토라고 합니다. 이번 일본 정부에서는 새로 러시아 영토가 된 연해주의 블라디보스토크에 무역 사무소를 설치하려고 합니다. 제가 사전 시찰 책임자로 선발되었습니다. 여행에 필요한 제반 편의를 봐 주시기 바랍니다."

"환영합니다. 일본 외무성으로부터 벌써 공문을 접수하여 알고 있습니다. 그렇지 않아도 저희 러시아 쪽에서도 무척 바라던 바이며 무역 사무소가 설치되면 양국이 서로 편리한 점이 많으리라 생각합니다."

"저는 먼저 블라디보스토크와 포시엣 주위의 지형, 한난寒暖의 차, 상품의 다과, 인구 밀도, 물산의 종류 등을 시찰하려 합니다. 블라디보스토크, 포시엣 두 곳은 우리 일본과 해수 하나를 사이에 두고 있는 가까운 곳이지요. 더 빨리 시찰했어야 했는데 이제껏 지체하고 말았습니다. 요즘 귀국 정부에서는 이 두 곳에 행정청을 둔다고 들었습니다. 때문에 우리도 때맞추어 서로 교통함으로써 우의를 돈독히 하려고 합니다. 저는 이 두 곳의 지리며 한난, 항구의 숫자 등을 전혀 알지 못합니다. 잘 지도해 주시고 제반 편의를 알선해 주시기 바랍니다."

"물론입니다. 우리와 일본은 국경을 접하고 있는 인접국으로 마땅히 가장 친하게 지내야 합니다. 저는 제가 할 수 있는 모든 편의를 제공해 드리겠습니다."

세와키가 외무성에서 발행한 여행 허가증을 꺼내 공사에게 보여 주자, 공사는 정중히 그것을 살펴보고 이서하더니 따로 소개장을 써 주며, 이것을 블라디보스토크 진대鎭台에게 전하라고 말한다. 세와키는 스트루베로부터 자세한 설명과 소개장을 받고 정중한 예를 갖추며 영사관을 나왔다.

일본의 메이지유신明治維新, 1868이 성공한 것은 오늘 스트루베를 만나기 불과 8년 전의 일이다. 미국의 페리 제독이 네 척의 흑선을 이끌고 에도江戶만 우라가浦賀항에 나타나 막부幕府를 겁박하여 문호를 개방하자 봉건 일본은 격동하였다. 삿초동맹薩長同盟. 薩摩와 長州의 동맹으로 막부 타도 운동이 전국을 휩쓸었고, 드디어 막부의 모든 권한을 텐노天皇에게 넘기는 대정봉환大政奉還이 이루어짐으로 메이지유신은 성공에 이른다.

신흥 일본 제국주의가 지향하는 바는 처음부터 탈아론脫亞論이었다. 후쿠자와 유키치福澤諭吉의 『탈아론』이 나온 것이 1885년이지만 그것은 신흥 일본 제국주의의 이론을 총 정리한 것일 뿐 그의 독창적인 것이 아니었다. 탈아론이란 아시아에서 탈퇴하여 서구로 편입하겠다는 탈아입구脫亞入歐를 말하는 것인데, 다른 말로 표현하면 곧 침아론侵亞論이었던 것이다. 그때 벌써 일본은 러일전쟁까지는 아닐지라도 러시아와의 한판 승부를 염두에 두고 있었으며 조선 정도는 빨리 자기의 세력권 안에 편입시켜야겠다고 생각하고 있었다.

세와키가 스트루베를 만난 그해 9월에 미국의 페리가 일본에 감행했던 것과 똑같은 수법으로 조선에 운요호사건雲揚號事件을 일으켰던 것이 바로 그것을 말해 주고 있다.

소위 정한론征韓論은 탈아론의 첫 단계로 메이지유신과 동시에 일어난 것이었다. 메이지유신 이전에도 벌써 1863년에 해군 영소營所를 설치한 가츠 카이슈勝海舟는 대마도 방위의 수단으로 정한을 말하면서 군함을 몰고 조선 근해를 탐사한 적이 있다.

메이지유신 바로 1년 전에는 규슈 출신의 야도 마사요시八戶順叔가 홍콩에 체류하면서 광동에서 발간되는 《중외신문中外新聞》 기자와 인터뷰한 기사가 난 적이 있다.

"조선 국왕은 5년에 한 번씩 에도江戶에 가서 대군大君을 알현하고 공물을 바치는 것이 고례古例이나 조선 국왕이 이런 예를 폐한 지 오래되므로 일본이 군함 80척을 구입하여 발병發兵하여 조선국을 정토할 뜻을 가지고 있다."

이에 청국 정부에서는 조선 정부에 이런 사실을 전달하고 조심하라고 당부한 적이 있다.

메이지유신 1년 후에 기도 타카요시木戶孝允는 정식으로 정한론을 주장하였으며, 왜관에 파견됐던 사다 하쿠보佐田白茅는 전후 세 차례나 정한론을 건의하였으니, 주공主攻인 10

개 대대가 강화로부터 서울을 치고, 조공인 20개 대대가 경상·강원·함경·평안도에서 서울로 진격한다는 식으로, 자세한 용병책까지 거론하고 있었다.

1873년에 사이고 다카모리西鄕隆盛가 적극적인 정한론을 펴다가 이와쿠라 토모미岩倉具視, 오쿠보 토시미치大久保利通, 이토 히로부미伊藤博文 등의 시기상조론자에 밀려 실패하고 귀향하였다. 그러나 그는 1877년에는 드디어 세이난전쟁西南戰爭을 일으키고 말았으니, 그것은 바로 지금 당장 조선을 정벌하자는 파와, 더 실력을 쌓아 완전무결하게 정벌하자는 파의 전쟁이었던 것이다. 단 일본 정부와 외무성에서는 정한론의 실현 여부와 무관하게 치밀하게 준비를 하고 있었다.

이번 세와키의 블라디보스토크, 포시엣 지방 시찰 목적도 물론 표면적인 것은 무역 사무소 설치 건이나 내면적인 것은 조선 침략의 사전 포석이 더 많은 양을 차지했다. 그것은 일본 외무성이 세와키 개인에게 준 밀령을 보면 잘 알 수 있다. 이 밀령은 일본 외무성에서 정식 발행한 여행 허가증과는 완전히 별개의 것으로 세와키 혼자만 보고 간수하여야 하는 비밀 문서였고, 이 문서는 귀국하는 즉시 외무성에 반환하라는 밀지가 기재되어 있었다. 그것은 기밀을 유지함은 물론 그 실행 여부를 다시 확인하겠다는 의미였다.

금번 청국 근항近港의 시찰을 명함에 있어서 다음과 같은 사항을 시행할 것.

1. 각 항구의 형태, 축항 착수의 순서를 조사할 것.

2. 무역 상황, 당지의 산물, 수출입의 다과 및 매해 산물의 증가 여부를 조사할 것.

3. 각 항구 백성의 풍습, 토지의 험조險阻, 인구 정도, 기후의 한난, 상선의 다과 및 교육 여하를 정탐할 것.

4. 그리고 조선 북부의 러시아령에 근접한 지방을 들어갈 때는 양항良港을 검출檢出할 것.

5. 포시엣에 도착하여 상황을 보아, 당지인을 고용하여 조선 땅으로 들어가서 토지, 풍속 등을 탐색할 것.

6. 포시엣에서 어쩔 수 없는 사고가 발생할 시는, 포시엣 주재 러시아 진대鎭台, 총독을 개인적으로 면회하여 청원할 것.

7. 그곳의 조선인을 고용하여 향도케 하고 사정을 정탐할 것.

이상 내용을 보면 전반부는 러시아 일이고, 후반부는 조선에 관한 임무란 것을 알 수 있다. 대對 러시아 건은 공공연한 일이지만 그래도 정탐이 중요 사항으로 되어 있으며, 대조선 건은 '탐색', '정탐', '개인적으로' 하는 본격적인 밀령이었다. 위 명령서를 보면 블라디보스토크뿐만 아니라 포시엣까지 가서, 그곳에서 조선인을 고용하여 은밀히 인도받으며 조선 내지까지 들어가 정탐하고 오라는 내용이다. 한 가지 주의할 사항은 이번 시찰은 줄곧 조선 근항을 시찰하면서도 '청국 근항'이라고 표현한 것이다. 일본 외무성 자체가 아직 조선을 독립국이 아닌 청국의 속령쯤으로 보고 있었던 것이다.

세와키는 블라디보스토크 무역 사무소 한 건만도 벅찬 임무인데 조선의 내지까지 가서 조선을 염탐하는 것은 엄두도 낼 수 없었다. 무엇보다 세와키 자신도 일본 외무성의 명령에 대해 절실한 필요성을 채 인식하지 못하고 있었다. 어떻든 세와키는 조선에 잠입하지 못함은 물론 포시엣에도 가보지 못하고 만다. 그렇기 때문에 그는 그것을 상쇄할 만한 어떤 일을 하지 않으면 안 되는 상황이었다.

2

세와키 히사토1822~1878, 그는 누구인가. 그의 출생지는 스오국周防國, 長州의 藩, 현 山口縣이다. 아버지는 데즈카 히루타카手塚治孝라는 의사이고, 어머니의 성이 세와키瀨脇이다. 그의 원래 이름은 데즈카 리쓰죠手塚律藏인데 가장 많이 알려진 이름이 세와키 히사토瀨脇壽人이다. 그는 이름이 많았다. 데즈카 셋코手塚雪航, 세와키 큐타로瀨脇久太郞, 가네사시 아키라金刺顯 등등 10여 개나 된다. 한 사람이 이토록 많은 이름을 가지고 있는 것은 일본에서도 드문 예로써 그만큼 파란만장한 생애를 보냈다는 증거이기도 하다.

어느 날, 밤늦게 귀가하던 세와키는 으슥한 골목 모퉁이에 서 있는 두 명의 검은 그림자를 발견하고 멈칫하였다.

"네가 데즈카인가?"

"그렇습니다만."

"테즈카 리쓰죠 맞는가?"

"그렇습……."

순간 세와키는 불길한 예감이 들었다. 품안에서 흉기를 꺼내는 두 사람의 동작을 어둠 속에서 확인하는 순간 번개처럼 뒤돌아서 뛰었다. 다행히 두 사람은 기모노에 게다나막신를 신고 있었고, 세와키는 간편한 양복 차림에 구두를 신고 있었다. 세와키와의 사이가 벌어지자 두 사람은 게다를 벗어 버리고 맨발로 뒤쫓았다. 이대로 가다가는 위험하다는 것을 감지한 세와키는 남의 집 담장을 뛰어넘었다. 놀란 개가 요란스럽게 짖어 대기 시작하였다. 그는 안 되겠다 싶어 다시 담장을 뛰어넘어 반대편 골목으로 나와서 달리다 다시 담을 넘고 골목으로 달리고 하기를 되풀이했다. 그러다 어느 집 큰 정원의 수풀 사이에 몸을 숨길 수 있었다.

마침 그 집은 개가 없는 집이었고 주인도 깊이 잠든 모양이었다. 그러나 한없이 숨어 있을 수는 없는 노릇이었다. 날이 밝기 전에 결단을 내려야 했다. 집으로 가는 길목에는 괴한들이 지키고 있을 것이 뻔했다. 오늘을 넘긴다고 해도 그들이 언제 다시 습격할지 알 수 없었다. 그때 문득 생각난 것이 사쿠라번佐倉藩, 현 千葉縣의 번주 홋다 마사요시堀田正睦였다. 홋다는 부친과 의형제처럼 지내는 사이였고, 마침 사쿠라번은 도쿄에서 가까운 곳이었다. 전에 홋다가 학질로 사경을 헤매고 있을 때 부친이 처방해 준 약을 먹고 큰 효험을 본 이후, 조그만 병만 걸려도 부친을 찾았기 때문에 세와키도 어려서부터 홋다 번주를 잘 알고 있었다.

그 집에서 운 좋게 빠져나와, 꼭두새벽에 사쿠라번에 도착한 세와키는 번청 대문을 힘껏 두들겼다. 신원을 확인하고 번사들이 열어 준 대문 안으로 들어선 세와키는 그제야 큰 한숨을 내쉬었다. 이른 새벽이라 한참 후에 모습을 드러낸 홋다 번주는 세와키를 반갑게 맞이하였다.

"누가 감히 너를 습격하였단 말이냐? 자초지종이 어찌 되었든 간에 네가 필요할 때까지 여기서 계속 머무르도록 해라."

"저도 그들의 정체는 잘 모르겠습니다. 일단 나리의 보호를 받으며 한동안 이곳에 머무르겠습니다."

"내가 보기에 그들이 막부 세력은 아닌 것 같다. 막부는 이미 그럴 능력도 없고 그럴 필요도 없다. 요새 너의 명망은 사람들의 시기의 대상이 되기에 충분한 면이 있다. 요시다 쇼인吉田松陰으로부터 훌륭한 서양학의 조예를 갖춘 자라고 칭찬을 받은 것이 세상에 알려졌고, 번서조소蕃書調所의 토도리頭取, 소장 고가 킨이치로高賀謹一郎로부터 '난학자의 상등'이란 평판을 듣지 않았느냐? 그러니 오히려 존양파尊王攘夷派. 유신파들의 시기의 대상이 된 듯하구나."

"저도 그렇게 생각합니다. 제가 이름부터 바꾸어야 할 것 같습니다. 일단 어머니 성을 따라서 세와키라 하겠습니다."

"그것이 좋을 것 같다."

이때부터 그는 세와키 히사토라는 이름을 쓰게 되었고, 필요에 따라서 다른 이름도 번갈아 쓰게 되었다.

세와키는 17세1838에 벌써 뜻을 세우고 나가사키長崎에 유학하여 4년간이나 막부 말기의 포술가砲術家로 유명한 다카시마 슈항高島秋帆과 오란다 나가사키 상관의 독일인 의사였던 시볼트Philipp Franz von Siebold에게 '난학蘭學'을 배웠다. 당시 일본의 최신 서양 학문은 주로 화란和蘭. 네덜란드에서 들어왔기 때문에 서양학을 가리켜 난학이라고 불렀다. 일본의 서양학을 받아들이는 유일한 창구가 나가사키였기 때문에 뜻있는 젊은이들은 직접 나가사키까지 가서 서양을 공부하곤 했다. 시볼트는 일본을 위하여 태어났고 일본을 위하여 생애를 바쳤다고 해도 과언이 아닐 만큼 일본 난학의 중심 인물이었다.

가늘고 긴 나가사키만의 바다 중심에 두둥실 떠 있는 조그만 하나의 섬 데지마出島. 이곳은 일본 내의 외국이나 다름없었다. 쇄국이 풀린 19세기 후반부터는 영국, 포르투갈, 러시아 등 다른 외국인 거류지가 데지마의 남쪽 지역에 자리잡게 된다. 또한 나가사키 언덕 위에는 삿초동맹을 성공으로 이끈 사카모토 료마坂本龍馬가 직접 1865년에 가메야마 샤츄龜山社中라는 무역상사 겸 사설 해군 양성소를 세워 근대 일본을 유도해 간다. 가메야마 샤츄는 뒤에 미츠비시 그룹의 전신이 된다.

세와키 히사토는 에도도쿄에 가서 영학英學, 물리, 화학을 익혔다. 훗다 번주는 세와키가 양학에 능통하다는 소식을 듣고 세와키를 초청하여 사쿠라 번청에서 영학을 강의하게 했다. 세와키는 다시 2차로 나가사키에 유학하여 일본 최초의 종두 접종에 참여하였으며, 막부에서 번서조소蕃書調所, 반쇼시라베쇼, 뒤에 洋書調所→開成所→東京醫學校→東京大學를 설치하자 초빙되어 출역교수수전出役敎授手傳, 강사급, 당시 교수는 3명 뿐이라는 서열에서 수업 및 번역을 담당하였다.

세와키가 외무성에 근무하게 된 동기도 그가 모시던 사쿠라 번주藩主와의 관계가 큰 영향을 미쳤다. 홋다가 '로쥬老中'의 수좌가 되고, 이어서 외국 사무전임이 되어 일본 주재 초대 총영사 해리스Townsend Harris와 외교 교섭을 하는 중에 세와키를 막부의 번서조소에 추천했던 것이다. 세와키는 말하자면, 전형적인 막부 말기의 양학자로 메이지기 양학 지향자들의 큰 길라잡이였다. 당시 일본의 유일한 영문법 필독서였던 『이길리문전伊吉利文典』은 바로 세와키가 번역한 것이다. 이 책은 원래 나카하마 만지로中浜万次郎, 1840년 조업 중 표류하여 도미, 1850년 귀국가 귀국시 지참하고 왔던 책『The Elementary Catechism, English Grammar: London』, 1850이다. 80쪽밖에 되지 않은 이 영문법서는 개성사에서 5판까지 발행하였는데, 당시 일본에 미친 영향은 실로 지대한 것이었다. 그뿐인가 그가 번역한 『서양철화공주조편西洋鐵火熕鑄造篇』은 네덜란드에서 근대 철제 기술을 상술한 최초의 저서였다. 내용은 총포 주조가 근간으로, 이 책이 번역됨으로써 대포 제조를 목적으로 한 미토번水戶藩의 반사로反射爐가 축조될 수 있었던 것이다.

요코하마 영사관을 나온 세와키 히사토는 거기서 미국 우편선 코스타리아호를 타고 나가사키에 도착했다. 그곳 러시아 영사관의 오라로후스키 영사에게 면회를 요청했으나 한 하인이 나와서 영사는 그제 아침 배를 타고 요코하마에 출장 갔기 때문에 만날 수 없다고 했다. 하는 수없이 영사를 만나는 것을 포기하고 배 한 척을 빌려 자기가 타고 갈 러시아 운송선 야포넷호로 직접 가기로 하였다. 야포넷호는 방금 수리를 마치고 마침 블라디보스토크로 출발할 작정이어서 세와키는 그 배를 타기로 한 것이다.

1870년대까지 연해주 해역에서 활동하던 러시아 수송선은 범선 만츌호, 야포넷호, 증기선 아메리카호 등 세 척이 전부였다. 세와키가 타고 갈 야포넷호는 2년 전 12월에 보수 때문에 블라디보스토크에서 나가사키 독dock에 보내졌던 선박이다. 그때까지 블라디보스토크에는 독이 없었기 때문에 배의 수리를 위해서는 나가사키까지 와야만 했다.

세와키는 선장 오스토로포프에게 면회 신청을 하였다. 자기 방으로 와 주기를 바란다는 전언과 함께 한 사관을 따라 그의 방에 인도되었다. 방에 들어서자 오스토로포프 선장은 만면에 웃음을 띠고 반갑게 걸어 나오며 악수를 청하고 의자를 권했다. 선장이 먼저 말을 꺼내고 모로오카가 통역을 맡았다.

"당신들이 편승하게 된다는 보고는 요코하마 주재 우리러시아 공사로부터 들어서 잘 알고 있습니다."

"이제부터 많은 신세를 지게 될 것 같습니다. 이렇게 호의적으로 대해 주시니 감사합니다. 이 배는 언제쯤 당항을 출발합니까?"

"사흘 후쯤 될 것입니다. 여러분이 거처할 선실도 미리 마련해 뒀습니다. 아직 시간이 있으니 천천히 준비하시고 선실도 구경하시기 바랍니다."

"선실도 물론 구경하겠지만 같이 항해할 사관들도 소개해 주시기 바랍니다."

"물론이지요. 자, 이쪽으로 오세요."

선장은 앞장서서 세와키와 모로오카를 데리고 다니며 사관들의 방을 노크하여 일일이 소개하고, 선실에 들어가서는 손수 서랍을 열어 보이기도 하고 수납 공간의 용처를 설명하기도 했다. 또다시 선장실로 돌아와 차와 과자 등 진귀한 것들을 내놓으며 최대한 환영의 뜻을 표했다.

다음 날 아침, 러시아 사관 카레오닌이 세와키 일행이 머무르고 있는 여관까지 방문하여 야포넷호의 출발은 이틀 더 지연되었다고 통보했다. 세와키는 그를 만난 김에 하나라도 더 알고 싶어서 말을 걸었다.

"블라디보스토크는 쌀 한 되에 얼마나 합니까?"

"한 되에 25전은 하지요. 일본보다 배는 비싸지요. 그러나 지금은 이렇게 비싸지만 2년 내에 가격이 훨씬 내릴 것입니다. 근래 여러 나라로부터 수입이 경쟁적으로 벌어지고 있으니까요."

"사관께서는 지금 여기서 무슨 직책을 맡고 계십니까?"

"저는 나가사키에 오래 거주하여 일본어를 할 줄 알기 때문에 러시아 정부로부터 통역관으로 임명되었습니다."

"그럼 사관께서는 블라디보스토크 사정도 잘 알고 나가사키 사정도 잘 알겠군요."

"그럼요. 아마 저만큼 양쪽 사정을 잘 알고 있는 사람도 드물 것입니다. 아시다시피 이곳 나가사키는 일본 내의 외국이지요. 일본인들의 지식에 대한 갈증은 참으로 존경스럽습니다. 서양에 대한 새로운 지식을 하나라도 배울 수만 있다면 무슨 일이라도 하고 어떤 희생이라도 마다하지 않을 국민이니까요. 신지식에 목말라 하는 젊은이들이 구름처럼 쇄도하고 있습니다. 저는 일본어를 할 줄 알기 때문에 몇 마디만 대꾸해 주면 일시에 젊은이들이 수십 명씩 에워싸고 온갖 질문을 다합니다. 네덜란드인, 독일인 등도 하루에도 수십 번씩 저와 같은 경험을 하지요. 우리는 일본이 서구 열강과 어깨를 나란히 할 수 있을 거라고 확신합니다."

"나가사키 사정은 저도 알고 있지요. 저도 이곳에서 난학을 익힌 사람이니까요. 블라디보스토크는 어떻습니까?"

"블라디보스토크는 연해주에서 가장 큰 중심 도시가 될 것입니다. 연해주는 아시다시피 청국 땅을 러시아가 빼앗은 것이지요. 하지만 실은 그곳은 청국 땅도 아니고 원래는 조선 땅입니다. 지금도 조선인이 가장 많이 살고 있고 거의 모든 지명이 조선명으로 되어 있으니까요. 못난 나라는 자기 땅도 지키지 못하고 남에게 다 빼앗기고 맙니다. 부모를 잘못 만난 자식처럼 못난 정부의 백성들은 참 안됐어요. 하하하."

카레오닌은 시키지도 않는 말까지 장황설을 늘어놓았다.

출발한다는 날 아침이 되어도 배가 떠난다는 소식은 없더니 모로오카의 지인인 노인이 달려와서 소식을 전했다. 지금 야포넷호에 깃발이 오르고 굴뚝에 검은 연기가 피어오른다고 했다. 세와키와 모로오카, 그리고 그 배를 이용할 다른 일본인들은 모든 짐을 챙겨 선착장에 모였다. 그들은 작은 배를 빌려 타고 야포넷호에 승선하였다. 사관들은 무척 기분이 좋아 보였다. 이 배는 오늘로 꼭 16개월만의 출항이었다. 출범의 축배로 보드카를 한 잔 씩 들면서 모두 취기가 돌았다. 세와키 일행과 배웅객으로 따라온 나가사키 상인 대여섯 명에게도 보드카를 돌렸다. 잠시 후 모로오카와 함께 오스토로포프 선장실로 찾아가자 그가 말한다.

“배가 비좁아서 모든 것이 불편할 텐데 무엇이나 사양하지 말고 사관에게 부탁하고, 보이를 시키십시오. 그런데 일본은 러시아와 이웃하고 있는 나라인데 무엇 때문에 러시아와 친하게 지내지 않는지 모르겠군요?”

“일본이라고 친하게 지내지 말라는 법이 있겠습니까.”

“저번 달 선박 문제로 어떤 사건을 부탁한 적이 있는데, 그때도 거절당했지요.”

“무엇인가 오해가 있어서 선뜻 응하지 않았을 것입니다.”

“작년부터 사할린 문제로 일본과 러시아가 이러쿵저러쿵 말이 많지만 그 땅은 러시아가 차지해도, 일본이 차지해도 별로 보탬이 될 곳이 아니지요.”

드디어 야포넷호는 1875년 4월 16일 오후 2시 반부터 닻을 올리고 기세 좋게 나가사키항을 출발하였다. 서쪽을 향하여 고토五島 앞바다까지 와서 뱃머리를 우회전하여 정북으로 2부 5리 정도 돌렸다. 서해의 석양이 하늘에 붉은 융단을 찬란히 깔고 있었다.

독도를 바라보며

1

다음 날 아침 세숫물을 부탁했더니 생김새가 중국인 같은 보이가 나왔다. 세와키가 어느 나라 사람이냐고 물으니 조선인이라고 대답했다.

"너는 나이는 몇이나 되고 어떤 연유로 이 배에서 일하게 되었느냐?"

"저는 열다섯 살입니다. 오륙년 전에 조선에 흉년이 들어서 아버님이 저를 데리고 블라디보스토크에 건너오셨습니다. 아버님은 다른 조선인 아저씨들처럼 변두리에서 농사를 짓고 계시고 저는 부두에 나왔다가 한 러시아인의 귀여움을 받게 되어 야포넷호의 보이가 되었습니다."

"이 배에는 너 이외 또 조선인이 있느냐?"

"저 말고 조선인 공인 아저씨 한 분이 더 계십니다."

또 일본인 같은 남자 2명과 부인 1명이 보여서 물으니 부인이 대답했다.

“저는 나가사키가 고향인데 지바현千葉縣에서 장사를 하는 요시다 리하찌吉田利八란 사람의 처입니다. 요시다 리하찌는 현재 블라디보스토크에서 무역을 하고 있습니다. 일본 물품을 블라디보스토크에 팔고 블라디보스토크 물품을 일본에 팔고 있는데 이익이 괜찮습니다. 오늘은 남편이 미리서 알선해 놓은 벽돌을 싣고 가는 중입니다.”

“저는 이 부인을 수행하는 야마모토 도요키치山本豊吉란 사람입니다.”

“저는 사가佐賀의 사족士族으로 나카지마 야사부로中島彌三郎란 사람입니다. 이 배의 기관수 마카로프를 개인적으로 알게 되어 러시아어를 배우러 블라디보스토크에 가는 중입니다. 블라디보스토크에서 양학도 공부하고 가능하면 구라파까지 다녀올 작정입니다.”

배에는 벽돌이 잔뜩 실려 있었다. 세와키는 전에 요코하마 일본어 통역 마렌다의 말이 떠올랐다.

“블라디보스토크에는 물가가 아주 비싸서 벽돌의 가격만 하더라도 일본의 4~5배는 되지요. 그것을 싣고 가서 3배로만 팔아도 일본인은 큰 이익을 보고 러시아인도 염가로 사는 폭이 됩니다. 일거양득이 아닌가요? 당신의 이번 여행은 양국에 이익을 줄 기반을 닦으러 가는 대임을 맡고 있으니 국가를 위해 경험도 쌓고 양국의 우의도 다질 겸, 벽돌 교역을 한 번 시도해 보면 어떻습니까?"

당시엔 말의 속내를 잘 몰랐으나 야포넷호의 벽돌과 요시다의 처의 말을 듣고 보니 실감이 났다. 최근 블라디보스토크 곳곳에선 건축 공사가 한창이 아닌가? 조금만 머리를 써서 양쪽의 물산을 파악한다면 벽돌 이외에도 장사할 것은 얼마든지 있겠구나 싶었다.

오후 3시쯤이 되자 1등사관 스츠레린코프가 세와키를 부르더니, 지도를 가리키며 말했다. 지금 바로 일본의 속도屬島 대마도의 남쪽에 배가 와 있고, 1시간 후면 대마도의 동남쪽에 이를 것이라고 말했다. 잠시 후 사관의 말처럼 좌측에 대마도가 나타났다. 대마도는 일본과는 멀리 떨어져 있지만 조선과는 아주 가까운 거리여서 날씨가 맑을 때는 육안으로도 조선을 볼 수 있었다. 만약 대마도가 조선 땅이라면 저녁거리를 사러 부산의 시장에 다녀올 수 있었다. 세와키는 잠시 생각에 잠겼다. 저렇게 가까운 섬을 조선은 왜 차지하지 않았던 것일까? 대마도의 바다를 바라보다 추위에 떨며 선실로 돌아갔다.

오후 6시가 지나서 갑판에 나오니, 새하얀 밝은 달이 드높이 중천에 걸려 있었다. 도도한 파도의 물결이 달빛을 받아 휘황찬란한 은촉을 밝혀 놓은 것 같았다.

18일은 아침부터 하늘이 청량한 데다가 바람도 없고 파도도 잔잔했다. 증기만 끊임없이 하늘로 뿜어 오르고 뱃머리는 전처럼 정북에서 약간 동으로 2부 5리쯤 방향을 돌리고 있다. 한 줄기 검은 연기만이 먼 뱃길의 긴 꼬리를 물고 있다. 배는 한 마리 새처럼, 화살처럼 만리창파를 일순에 지나치려는 듯 미끄러져 갔다.

오후 1시부터 서남풍이 서서히 불기 시작하자 배는 증기를 끄고 흰 돛을 올려 2시간 정도 달렸다. 3시경에는 갑자기 바람이 약해지더니 돛의 불룩 나온 배가 밑으로 처진다. 배에서는 다시 증기를 피우려고 급히 연탄을 퍼넣는다. 밤이 되자 점점 연탄이 타오르기 시작하는지 검은 연기가 뭉게구름처럼 피어올랐다. 다음 날 오후 5시가 지나서 다시 갑판에 올라 사방을 바라보고 있노라니 좌측에 상당히 큰 섬이 하나가 나타났다. 세와키는 러시아 사관에게 물었다.

"이 섬의 이름이 무엇이고 어느 나라 땅입니까?"

"마쓰시마松島라고 하는 곳인데 일본의 속도라고도 하고 조선의 속도라고도 하는 말을 들었습니다. 이 편벽한 곳에 불란서인도 우연히 들른 적이 있는데, 그도 일본의 속도인지 조선의 속도인지 잘 모른다고 했습니다."

"이 섬이 바로 마쓰시마입니까. 그렇다면 그 옆 어디에 더 큰 섬 다케시마竹島가 있을 것입니다. 나도 황국의 외무성을 출발하면서 처음으로 그에 관한 문서를 읽어 보았습니다."

세와키는 쌍안경을 꺼내 조망하여 보았으나 황혼녘인 데다가 앞이 묘연하였지만 형태만은 가늠할 수 있었다. 러시아 사관은 마침 일을 마치고 돌아가는 한 인부를 가리키며 조선인이라고 말했다. 세와키는 그를 불러 세웠다.

"어이! 저 섬이 마쓰시마라고 한다는데 맞는가?"

"그런 이름은 들어본 적이 없습니다. 저 섬은 조선의 독도입니다. 그 안쪽에 울릉도가 있습니다."

"뭐 토크도? 우르 뭐? 그런 이상한 이름을 조선인들은 다 알고 있는가?"

"조선인은 알 만한 사람은 다 알고 있지요."

"저 섬에 인가가 있는가?"

"독도에는 사람이 살지 않고 큰 섬 울릉도에는 사람이 살고 있다고 들었습니다."

"저 섬이 어느 나라 땅이라고 생각하는가."

"조선 땅이지요."

그때까지 일본은 울릉도를 다케시마竹島, 독도를 마쓰시마松島라고 불렀다. 시간이 지나면서 다시 울릉도를 마쓰시마로 독도를 다케시마라고 불렀던 것이다. 조선인 인부가 말한 것은 조선의 상식에 따른 것이었다. 세와키가 조선인 인부의 말을 듣고도 심히 힐책하지 않은 것은 그 역시 독도에 대해 읽은 바가 있었기 때문이었다.

일본이 울릉도와 독도에 대하여 야심을 품게 된 것은 메이지유신 다음 해1869 무렵이었다. 일본 외무성에서는 세 사람의 조사단을 파견하여 조선의 내부 사정을 은밀히 정탐했다. 조사단이 조사를 끝내고 「조선국 교제시말 내탐서朝鮮國交際始末內探書」라는 것을 제출했는데 그 내용을 보면 '송도松島, 독도는 죽도竹島, 울릉도의 속도'라고 표기되어 있었고, 조선의 영토로 명기하고 있었던 것이다. 그 때문에 두 섬이 조선의 영토임은 세와키 자신도 잘 알고 있었다. 러시아 사관의 말에 잠자코 있었던 것은 그런 이유가 있었다. 세와키는 조선인 인부에게 관심이 가는지 질문을 이어갔다.

"당신은 언제 러시아에 온 사람이고 어떤 연유로 이 배에서 일을 하고 있습니까."

"나는 두만강변에 사는 농민인데 농사는 별 볼 일이 없고 고기잡이가 주업이나 다름없었지요. 덕분에 어선을 만들어

보았기 때문에 블라디보스토크에서 목공 노릇을 하다가 이 배의 공인이 되었지요."

"두만강에서 고기를 잡으면 강의 중간이 청국과 국경일 텐데 괜찮았습니까."

"강에는 국경이 없습니다. 흐르는 강에서는 아무 데나 다니며 고기를 잡을 수 있지요. 단 청국 강둑을 오르지만 않으면 됩니다. 청국인들도 마음대로 고기를 잡되 조선 강둑을 오르지만 않으면 상관없지요. 강에서 만나면 서로 인사하고 지내지요."

세와키가 조선인에게 관심을 보이자 러시아 사관은 조선인은 사귀어 이익이 없다고 어서 보내라고 손짓한다.

다음 날은 날씨가 몹시 춥고 바람이 차가웠다. 사관들의 말로는 곧 블라디보스토크에 도착할 것이라고 했다. 세와키가 갑판에 오르니 큼지막한 우박이 갑판 위에 어지럽게 떨어졌다. 자세히 보니 긴 사각형도 있고 동그란 것도 있었다. 이상하게 여겨졌지만 한지寒地의 우박은 원래 이런 것인가 보다 하고 넘어갔다. 다음 날 오전, 해가 중천에 떴는데 갑판에선 전날에 본 우박이 더 심하게 흩어져 있었다. 세와키가 사관에게 물었다.

"맑은 날에 이런 이상한 우박이 내리는 것은 무슨 연고입니까?"

"이 우박은 하늘에서 내리는 것도 아니고, 땅에서 날아오는 것도 아니지요. 돛의 쇠사슬이나 끈 같은 데에 이 지방 명물인 안개가 얼어붙었다가 떨어지면 이런 우박이 된답니다."

"그렇습니까. 난 이 우박이 하늘에서 떨어진 줄 알았습니다. 그러면 그렇지, 무슨 우박이 둥그런 것도 있고 사각형도 있나 했지요."

둘은 한참을 웃었다. 추운 지방에서는 차가운 안개가 돛이며 나무에 앉아 얼어붙으면 그것이 하얀 눈꽃이 된다. 때문에 산천이나 호수에도 나무란 나무는 온통 하얀 눈꽃이 피어 흰 꽃 축제가 벌어진다. 하지만 견문이 좁다면 그러한 상식적인 문제에도 당황하고 웃음거리가 되기 십상이었다.

사관과 말하고 있는 사이에 오후 1시가 되었다. 사관은 북방을 가리키며 블라디보스토크의 산이 보인다고 한다. 고개를 돌려보니, 근시안인 세와키의 눈에도 바다 위에 우뚝 산이 보이더니 금방 블라디보스토크 항구가 보였다. 좌우에는 작은 섬들이 있는데 곳곳마다 울창한 숲이 들어차 있다. 항구로 들어서자 삼면이 높은 산이고 한 면만 바다에 접해 있었다. 입구에는 조그만 섬이 하나 있었다. 그 섬은 마치 주머니 속에 있는 것 같았다. 참으로 편안한 느낌을 주는 양항

良港으로 일본의 나가사키항과 흡사하다고 생각했다. 지루한 닷새간4.16~4.21의 항해 끝에 드디어 나가사키에서 블라디보스토크에 도착한 것이다.

2

블라디보스토크는 항구를 향해서 정면 안쪽으로 3백~4백호의 대소 인가가 보였고, 우측에는 인가는 전혀 없었다. 다만 구릉지대로써 고목 같은 잡목이 있을 뿐이었다. 항구 정면에서 좌측으로 러시아인, 미국인, 독일인의 주택이 있었다. 러시아령이어서 그렇겠지만 러시아인의 주택이 가장 많고 만주인, 조선인의 낮은 가옥이 1백~2백여 채 있었다. 약간 떨어진 해변에 러시아인의 막사 같은 것이 있었는데 그 면적은 폭이 30칸쯤 되어 보이고 길이는 2백 미터는 됨직하였다. 그 부지 안쪽에 폭 5칸, 길이 20칸쯤 되어 보이는 길쭉길쭉한 집이 20여 채 보이는데 사관이나 병사들의 숙소인 것 같았다.

바다에는 러시아 국기를 단 군함이 5~6척, 영국 선박이 1척, 미국 선박이 1척 정박해 있고, 기타 1척이 있는데 국기를 달고 있지 않기 때문에 어느 나라 국적인지 알 길이 없었다. 또 소선이 있는데 근해의 운송선인 것 같았고, 증기선, 범선도 있었는데, 합하면 7~8척은 되는 것 같았다. 만주인의 통나무배도 40~50척이나 보였다.

식사 후 사관들과 담배를 피우며 잡담하던 차, 만주인·만성인·조선인들의 완우함에 미치자, 1등사관 스츠레린코프는 그들의 고집과 어리석음은 알아줘야 한다고 박자를 맞춘다.

"만주인·만성인·조선인은 대개 비슷비슷하지요. 완전 문맹자이거나 아니면 자기들이 알고 있는 몇 줄 고전이 지상의 지식으로 알고 있지요. 지금 세계가 어떻게 돌아가고 있는지는 캄캄한 암흑 세상이고 알려는 노력도 하지 않습니다. 그 중에서도 특히 조선인은 설득으로도 되지 않고 시비로도 갈라 세울 수 없으며 완고우매하기 짝이 없지요. 고집은 황소고집이어서 그 완우함은 말로 다 헤아릴 수 없습니다. 국가도 마찬가지예요. 전년에 불란서와 미국과도 일단 접전한 적이 있지만 개화의 길로 돌리기란 너무 어려워서 두 나라가 모두 포기하고 돌아가고 말았습니다. 그래도 중국은 서양과 접촉이 있고 어느 정도는 세상을 알고 있습니다. 그러나 조선은 서양과 직접 접촉하려 들지 않고 중국을 통해서만 겨우 약간 알고 있을 따름이지요."

이 말을 듣고 세와키도 박자를 맞추었다.

"그런 나라는 어떤 타의적인 힘이 가해지지 않으면 변화하기 어렵습니다. 실은 황국도 최근까지 개화하지 못한 나라였지요. 이제 우리는 서구의 한 나라가 되고자 하는 것이 목표입니다. 우리는 아메리카의 페리 제독이 문호를 개방해 준 데 대하여 대단히 감사해하고 있습니다. 만약 그런 계기가 없었다면 황국도 암흑의 밤길을 걷고 있겠지요. 조선도 그런 계기가 있어야 하지 않을까요."

"그야 그런 계기가 온다면 변화가 있을 수밖에 없지요. 그러나 누가 그 우매한 나라의 문호를 열어젖힌단 말입니까. 미국, 불란서도 포기하고 돌아갔다니까요."

"혹시 압니까? 올해라도 무슨 일이 일어날지."

세와키는 스츠레린코프에게 상당히 의미심장한 말을 하고 있었으나 스츠레린코프는 그 뜻의 의미를 전혀 눈치 채지 못하고 있었다. 스츠레린코프가 말하는 불란서 즉 프랑스와 미국과의 접전이란 1866년의 병인양요와 1871년의 신미양요를 말하는 것이었다. 조선의 집정자 대원군은 그것을 전쟁의 승리로 착각하고 쇄국의 문을 더욱더 꽁꽁 걸어 잠그고 있었다.

다음 날 아침 세와키가 일찍 식당으로 나가는데 배 안에 낯선 사관 하나가 의자에 기대고 앉아 있었다. 누굴까 생각하고 있는데 스츠레린코프가 부르더니, 그 사람이 바로 방금 전에 육지 블라디보스토크에서 세와키 일행을 맞이하러 온 사람이라고 일러주었다. 오찬을 마치고 그 사람과 함께 작은 배에 올랐다. 안개가 자욱하고 세찬 바람에 파고마저 높았다. 겨우 육지에 올라 러시아 진대관鎭台館에 도착하였다. 그곳은 아직 본관으로 사용하지 않는 모양이었다. 구조가 완전하지 않았지만 그래도 진대관의 체계는 갖추고 있었다. 세와키는 당직 사관을 따라서 응접실로 안내되었다. 잠시 후에 이포렛을 걸친 건장한 관리를 만날 수 있었다. 악수를 나누고 세와키가 말을 꺼냈다.

"저는 일본국 외무성 7등출사인 세와키 히사토라고 합니다. 이번 청국 근항으로부터 당항까지 시찰하기 위해 왔습니다. 귀국은 4~5년 전부터 당항에 이민을 시키며 개항할 방침이라고 들었습니다. 우리나라와는 겨우 한 줄기 해수를 사이에 두고 있을 뿐이어서 차후로 표류민도 있을 것이고 상객도 많이 찾을 것으로 사료됩니다. 그래서 지형, 풍토 등을 미리 시찰해 두었다가 상황을 보아 가며 우리의 물산도 보내고 양국의 교류도 두텁게 하고자 합니다."

“제 이름은 아후나세프라고 합니다. 당항의 진대대리입니다. 진대는 지난달부터 니콜라이스케에 출타 중이고 내달에야 돌아올 것입니다. 그때까지는 무슨 일이라도 제가 주선해 드리겠습니다. 만약 당항으로부터 여행이라도 하고 싶으시면 인마나 선편 등 사양 말고 부탁하시기 바랍니다.”

세와키는 여행 허가증과 러시아 공사 스트루베의 소개장을 꺼냈다. 진대대리는 여행 허가증을 훑어본 뒤 되돌려 주었다. 소개장은 진대가 돌아올 때까지 자기가 보관하겠다고 했다. 둘의 대화는 당지의 개항, 인구, 상품 등으로 주제를 옮겨 갔다. 유용한 상품이 어느 것인지 세와키가 물었다.

“쌀, 벽돌, 소금, 석탄, 석회 같은 종류일 것입니다. 인구는 러시아인이 5천여 명 정도 살고 있으며, 기타 만주인 4천~5천여 명, 조선인 6천여 명이 와서 일을 하고 있지요. 항상 조선인이 가장 많지요. 이곳은 예부터 조선과 가장 밀접한 관계를 맺고 있는 곳입니다. 만주인과 조선인은 여름에는 날품팔이, 어렵, 혹은 타인의 복부를 하다가 겨울이 되면 그 중 3천 명쯤은 고향으로 돌아갑니다. 그런데 돌아가는 사람은 거의가 만주인이고 조선인은 아주 적습니다. 그들의 사정이 있다고 들었습니다. 또 올해부터는 사할린에 이민을 시작할 작정이고 흑룡강변에는 아메리카의 러시아인을 이

주시키겠다는 말도 있습니다."

여기서 아메리카란 블라디보스토크의 동남쪽 아메리카만을 말한다. 전에 동부 시베리아 총독 무라비요프가 탑승한 러시아의 아메리카호가 표트르대제만을 조사하고 또 나홋카항의 외만外灣에 주목하여 그 함명을 따서 아메리카만이라 명명했다.

시간이 흘러 본선으로 돌아갈 때가 되었다. 인사말을 건네자 사관이 배웅하겠다고 따라나섰다. 사양하여도 듣지 않아 함께 소선을 타고 노를 저었다. 북풍이 강하게 불고 파도가 거세 옷이 흠뻑 젖고서야 겨우 본선으로 돌아갈 수 있었다. 다음 날 세와키는 네 명의 사관과 함께 소선을 타고 다시 육지에 올랐다. 그들이 사는 집의 구조를 보았더니, 벽돌로 지은 것은 아주 드물고 거의 목재만으로 지은 집이었다. 형태는, 예컨대 길이가 7칸 정도 되는 집으로 말하면, 대개 한 칸 정도씩에서 기둥을 세우고, 거기에 옆으로 통나무들을 눕혀 쌓아 올려 벽을 만들었으며, 지붕은 판자로 이었고, 안은 객실, 식당, 침실 등으로 나누어져 있었다. 그런대로 서양인이나 러시아인이 선호하는 모양새로 비교적 청결했다.

거기서 조선인이 거주하는 곳을 가 보았더니 아주 협소하였다. 3칸 집을 예로 든다면, 입구 1칸은 허드레로 쓰고 대개 아궁이를 놓고 있었다. 양쪽 2칸은 돌을 1자 4~5치 정도로 쌓고, 그 돌 사이로 긴 구멍을 옥외까지 통하게 하여, 불을 지피면 난방이 되게 해놓았다. 그 돌 위에 흙을 바르고 바닥을 평평하게 하여 그 위에 깔개를 깔고 기거하였다. 조선인은 방 전체를 온돌로 하고 있는데 반하여 만주인은 방의 일부를 높이 올려 온돌로 사용하고 있었다. 옷은 헐고 더럽고 아주 불결하였다. 서양인들이 만주인, 조선인을 거지라고 칭하는 것도 결코 과언이 아니라고 생각했다.

부근 약간 높은 산지에 야포넷호의 러시아 사관들의 물건 보관소가 있다기에 함께 가 보았다. 사람은 살고 있지 않지만 한 채의 집으로, 만주인이나 조선인의 주택보다 청결하였다. 여기서 내려와 전신국에 들러 블라디보스토크에 무사히 도착하였다는 전보를 도쿄 외무성에 보냈다.

전신국을 나와 세와키와 함께 온 나가사키의 야마모토 도요키치山本豊吉가 우거한다는 곳을 찾아갔다. 그가 먼저 알아보고 손짓을 하며 나왔다. 러시아 사관 셋과 모로오카, 그리고 세와키, 다섯이 실내로 들어갔다. 그곳에는 오슈奧州, 福島縣의 시라카와白川 사람 다케후지 헤이키치武藤平吉란 사람도 같이 기거하고 있었다. 다케후지가 인사를 한다.

"먼 길을 오시느라고 수고 많이 하셨습니다. 선생님 일행이 블라디보스토크에 도착하셨다는 소식을 듣고 어서 뵙기를 기대하고 있었습니다."

"반갑습니다. 블라디보스토크에 살고 계십니까? 앞으로 많은 도움을 받을 것 같습니다."

"저를 필요로 하는 것이라면 무엇이라도 돕겠습니다."

"어찌 필요한 것이 한두 가지이겠습니까. 잘 부탁합니다."

다케후지의 본명은 사다나오定直이며, 일명 헤이가쿠平學라고도 하는 자인데 4~5년 전부터 이곳을 내왕하고 있다고 했다. 다케후지의 사람됨이 무척 성실하고 아는 것이 많아 시간이 있으면 많은 얘기를 나누고 싶었으나 시간이 너무 늦고 일행이 있어서 맥주만 한 잔씩 나누고 본선으로 돌아갔다.

세와키가 러시아인 중에서 존경한 사람은 러시아 중흥의 표트르 대제大帝이다. 그는 치국의 방책으로 절검을 주창한 바가 있다. 배 안에서 러시아인들이 식사하는 것을 보았더니 수부들은 보리껍질까지 갈아서 만든 흑빵을 그대로 먹으며 차를 마셨다. 점심과 저녁에는 뼈가 달린 투박한 소고기를 끓여, 그 국물과 고기로 식사를 하며 흑빵을 먹는 것이 전부였다. 바로 이 흑빵이 표트르 대제 시절의 유물이었다.

그의 유지를 받들어 러시아 사람들은 흰 빵에 맛있는 반찬을 지양하고 절검을 생활화하여 국위를 떨치고자 했던 것이다. 사관도 흑빵을 즐겨 먹지만 따로 흰 빵이 있어서 그것을 먹기도 했다. 세와키도 흑빵을 먹어 보았더니 약간 신맛이 나는 것이 감촉이 괜찮았다. 사관 이상은 점심 저녁으로 생선, 소고기, 돼지고기, 야채 등 4~5종의 요리를 먹었다. 러시아인들은 지금까지도 그의 유훈을 받들고 생활하고 있었다.

세와키는 러시아 역사를 공부하던 시절에 표트르 대제전을 읽고 감탄한 적이 있었다. 러시아 같은 대국의 제왕이 항해술을 배우기 위하여 몸소 네덜란드까지 가서 천한 선공船工에게 기술을 배워 왔던 것이다. 체면을 돌보지 않는 그의 노력으로 러시아에선 학예의 풍토가 조성될 수 있었다. 세와키는 러시아인의 절검하는 모습과 발전상을 직접 확인하면서 그 불세출의 명군이 여러 번 떠올랐다. 그리고 일본인의 근검 정신과 많이 통하는 부분이 있다고 느꼈다. 일본인은 어느 음식이나 한 톨도 남김없이 먹어야 예의이다. 원래 음식을 차릴 때 남길 수 없는 양을 분배하지만, 그래도 하는 수 없이 남겨야 할 경우에는 미리서 덜어 놓고 먹어야 한다. 그래야 남이 먹을 수 있기 때문이다. 일본인의 식사는 1일 2

식이다. 메이지 시대 군인들의 식사 시간표를 보면 대개 아침은 오전 10시경에, 저녁은 오후 4시경에 먹는다.

다케후지 헤이가쿠

1

김인승 일행은 조선의 국경을 넘어 러시아 땅 녹둔촌에 도착하였다. 황량하고 낯선 땅에서 세 사람은 무작정 희미한 불빛을 따라 걸었다. 거기는 오직 세 가구만 사는 만주인의 작은 마을이었다. 만주인들은 무척 경계하는 눈치였으나 차림새가 불량해 보이지 않았고 몸짓 손짓으로 처지를 설명하자 한 집에서 그들을 받아 주었다. 김인승 일행은 생전 처음 만주인의 주거지를 보았다. 집 안은 바닥이 맨 흙이었고 한쪽 구석에 나무 침대가 놓여 있었다. 구석에 서너 사람이 올라갈 수 있는 온돌 같은 것이 놓여 있었으며 투박한 탁자에 의자가 놓여 있었다. 세 사람이 들어서자 식구들이 둘러싸고 관심을 보였다. 옆집의 아들인 성싶은 젊은이도 와서 무엇인가 알고 싶어 하는 눈치였다. 김인승은 필담을 하면 되겠구나 싶어 손으로 글 쓰는 시늉을 해 보였다. 젊은이가 알아듣고 옆방에서 먹과 붓을 가지고 나왔다.

김인승은 능숙한 한자로 써내려 갔다. 일자리를 찾아 조선에서 넘어온 사람으로서 조선인이 많이 사는 마을을 찾는다고 적었다. 다른 사람은 글을 잘 몰랐으나 젊은이가 "아하!" 하는 표정을 지었다. 그러곤 만주어로 식구들에게 설명하는 듯했다. 그때부터 그들은 자기들끼리 무어라 시끄럽게 이야기를 주고받았다. 마침내 경계를 풀고 친절히 대해 주었는데, 거기서 세 사람은 주먹만 한 갈색 빵과 엽차까지 얻어먹고 허기를 채웠다.

그들이 알려준 대로 길을 가다 보니 어느덧 니코리스크의 조선인 마을이었다. 약 3백 호쯤 되는 이 마을은 주로 조선인들이 사는 마을이고, 조선인과 친히 지내는 만주인이나 만성인이 열댓 채 혼재해 있었다. 집들은 대개가 초가집으로, 어떤 것은 러시아식을 흉내 낸 통나무집 같은 것도 있었고, 벽은 흙담이지만 지붕은 러시아식이어서 판자를 포개서 엮어 지은 것도 있었다. 어느 것이고 규모가 작아서 빈촌이란 것을 알 수 있었다.

김인승 일행은 수월하게 마을에 정착했다. 김인승은 주변에 지식인이란 것이 알려졌고 마을의 훈장으로 추대되었다.

김인승의 집은 초가삼간으로 아주 협소해 보이는 공간이지만 한 칸은 조카 김학우와 함께 기거하고 다른 한 칸은 서당으로 쓰고 있었다. 가운데 칸은 양쪽 방으로 솥단지가 하나씩 걸려 있는 부엌인데 땔감이며 잡동사니들을 쌓아 두었다. 황만수는 같은 마을에 따로 거처를 마련하고 잦은 왕래를 했다.

"선생님 편히 계셔요."

"조심해서들 가거라. 강講을 바치려면 집에서 열심히 외워야지."

어느 날 김인승이 서당을 파하고 학생들과 함께 집 밖으로 나오고 있었다. 7세부터 15세쯤 되어 보이는 남녀 학생들은 대개 누추한 한복 차림이었다. 한문책을 한 권씩 옆구리에 끼기도 하고 좀 무게가 있어 보이는 책보자기를 들기도 했다. 개중에는 러시아 복장에 머리를 짧게 깎고서 하이칼라도 아니고 산발머리도 아닌 이상한 차림을 한 학생도 더러 있었다.

그때였다. 저쪽에서 "형님!" 하고 부르며 달려오는 일본인 복색의 한 젊은이가 있었다. 나이는 30대 전후의 아주 성실하고 야무지게 생긴 청년이었다. 김인승 역시 헤어졌던 혈육을 만난 듯 안면에 미소를 띠고 손을 마주 잡았다.

"다케후지! 어서 오너라. 이렇게 찾아주어 정말 고맙다."

"고맙긴요. 그동안 별고 없으셨습니까."

"고맙고말고. 네가 이렇게 무사히 돌아와 주었으니 이보다 감사한 일이 어디 있겠느냐? 어서 들어가자."

"네!"

두 사람이 방으로 들어서자마자 다케후지가 넙죽 엎드려 큰 절을 올렸다. 일본식으로 급하게 엎드려 절을 하자 김인승은 따라서 절을 하는 둥 마는 둥 하며 얼른 다케후지를 일으켜 세웠다.

"형제 사이는 절을 안 해도 괜찮허이."

"제가 형님 드리려고 약소한 선물을 좀 가져왔습니다. 이것은 사쿠라주, 이건 일본 과자입니다. 이것은 모찌입니다. 또 어머님이 형님 드리라고 손수 기모노를 한 벌 지어 주셨습니다. 입어 보셔요."

"원 이런 고마울 데가. 잘 입겠다. 잘 입겠어. 부모님들은 잘 계시던가. 모두 건강하시구?"

"네. 제가 부모님께 형님 얘기를 말씀드렸더니 기뻐서 어찌할 바를 모르시며 꼭 한 번 모시고 일본에 오라고 당부하셨습니다."

"나도 기회가 있으면 부모님을 뵙고 싶다. 동생의 부모가 내 부모가 아닌가. 그런 기회가 있으면 얼마나 좋을까."

한참 둘이 이야기를 하고 있는 사이에 누가 방문을 똑똑 두들긴다. 방문을 열어 보니 경원댁이 언제 차렸는지 술상을 한 상 조촐하게 준비하여 들고 들어온다. 술상에는 탁주가 호리병에 담겨 있고 김치와 나물류며 국물까지 서운치 않게 놓여 있다. 벌써 훈장님의 동생 다케후지가 왔다는 소식을 듣고 자기 집에서 반찬 몇 가지를 가져와 금세 김인승의 부엌에서 술상을 보아 온 것이다.

"경원댁! 아니 언제 술상까지 보았습니까."

"훈장님이 가장 좋아하는 동생이 왔는데 어찌 가만히 있을 수 있습니까?"

"형수씨! 그간 안녕하셨습니까?"

"형수씨는 무슨?"

다케후지의 말을 듣고 어색해하면서도 막상 눈을 흘기며 보는 쪽은 김인승이였다. 경원댁은 김인승이 월경해 온 얼마 뒤에 역시 경흥에서 니코리스크에 온 김선달의 처였다. 김선달이 월경해 올 때는 처와 어린 딸까지 같이 왔으나 영하 30도까지 내려가는 추운 날씨에 지병이 도져 삼 년 전에 세상을 떠났다. 경원댁은 김인승의 옆집에 살면서 김인승에게 의지하게 되었고 열 살 된 딸과 함께 서당에 공부하러 온 학생들의 뒷바라지도 하면서 자연히 한 식구처럼 지내게 되었다. 딸 이쁜이는 김인승의 서당 학생이면서 어머니의 일을 돕기도 했다. 마을 사람들도 부부처럼 지내는 이들을 내외로 인정해 주는 눈치이다. 얼마 뒤에 황만수가 친구들과 같이 들어왔다. 친구의 동생 다케후지가 왔다는 소식을 듣고 달려온 것이었다. 다케후지와도 구면이어서 반갑게 해후하고 금방 왁자지껄한 술자리가 이어졌다.

사실 다케후지는 조선의 월경 탈주민과 마찬가지로 사할린에서 연해주로 월경 탈주한 일본인이었다. 그들이 다케후지를 알게 된 것은 대략 4년 전이었다.

러시아 지방관이 할당해 준 농장에서 한무리 조선인들이 일을 하고 있었다. 그런데 아까부터 저쪽 산모롱이에서 사람인 듯한 그림자가 어른거렸다. 앉았다 섰다를 몇 번 반복하더니 비틀거리며 다가왔다. 몇 걸음 힘없이 걸어오던 사내의 몸이 낭창대더니 발끝에 돌이 차인 듯 비틀대고 쓰러졌다. 언덕을 몇 바퀴를 구르고 나서야 멈췄지만 널브러진 사내는 일어날 기미가 없었다. 그때 조선인 무리에서 가장 먼저 달려간 사람이 김인승이었다. 그 뒤를 따라 김학우와 동네 사람들이 불안감을 가지고 함께 달렸다. 김인승은 사내를 힘차게 흔들어 깨우며 소리쳤다.

"여보시오. 정신 차리시오. 여보시오."

아무리 흔들어도 일어날 줄을 모르자 김인승은 그를 둘러 업었다. 김학우가 뒤를 받치고 황만수도 뒤따랐다. 김인승의 집에 눕히고 경원댁이 끓여 온 미음을 떠 먹이자 겨우 정신이 드는지 입을 움직여 받아 먹었다.

"여보시오. 어디 사는 누구시오? 조선인이오?"

"나는 일보느 사람이므니다."

"뭐요? 일본 사람이라구요? 이름이 무엇이오? 여기다 써 보시오."

김인승이 내 준 붓을 잡고 사내는 힘없는 손으로 '武藤平學'이라고 썼다. 그가 쓴 한자를 본 조선인은 일제히 '무등평학'이라고 발음했다. 그러나 그는 연신 '다케후지 헤이가쿠'라고 중얼거렸다.

"뭐라고 읽는다구요?"

"다케후지 헤이가쿠."

"다케후지 헤이가쿠! 다케후지 헤이가쿠!"

"여기가 어디이므니까?"

"여기는 추풍이란 곳이요. 조선인 마을입니다."

다케후지가 읽어 준 대로 조선인들도 '다케후지 헤이가쿠'

라고 따라 말했다. 그는 젊은 나이에 파란만장한 인생을 살다가 여기까지 흘러들어오게 된 일본인이었다. 그의 고향은 일본 오슈奧州, 福島縣의 시라카와白川였다. 시라카와의 아베 붕고노카미阿部豊後守의 하급 무사로서 메이지유신을 반대하는 막부 옹호의 오우에쓰奧羽越 열번동맹列藩同盟 편에 섰었다. 삿초薩長의 신관군과 오우에쓰 열번동맹 간의 무진전쟁戊辰戰爭, 1868~1869은 메이지유신의 마지막 전쟁이라고 할 수 있었다. 다케후지는 바로 그 무진전쟁에서 다리에 총상을 입고 신관군에게 포로가 되었다. 죽을 고생을 하다 다리가 회복되자 감옥살이를 했고, 사면되어 풀려난 뒤엔 양학에 뜻을 두고 홋카이도의 하코다테로 구도의 길을 떠나게 된다. 당시 하코다테는 심해 어업 기지가 되어 크게 번성하고 있었다. 1859년에 개항한 이래로 남쪽의 나가사키만큼은 아니었지만 북쪽에서의 서양 문화 유입의 창구가 되었다.

다케후지는 입항해 있던 독일 포경선에 사정을 하여 보이로 승선했다. 하지만 고된 일과와 식사도 제대로 주지 않는 열악한 환경 속에서 도주를 결심하고, 사할린에 정박했을 때 하선하여 자취를 감춰 버리고 만다. 이후 사할린에서 나무꾼 노릇도 하고 일용 품팔이도 하며 어렵게 지내야 했다. 그러던 중 그곳의 일용 품팔이꾼들의 대화를 듣게 되었다.

"연해주가 새로 러시아 땅이 됐다고 하네요. 많은 일자리가 있다면서요?"

"포시엣, 블라디보스토크가 새로 항구가 되는데 일자리가 넘쳐난대요."

"연해주 지방관이 외지에서 온 사람한테는 땅도 빌려 주고 선불금도 줘서 농사 짓기에도 불편이 없다네요."

이 말을 들은 후부터 다케후지는 연해주로 가야겠다는 결심을 굳히게 된다. 그는 어느 외국 선박의 배 밑창에 잠입하여 연해주까지 몰래 와서 무사히 배에서 빠져나왔다. 그러나 의지할 곳 없던 그는 길을 헤매다가 김인승의 구조를 받았던 것이다. 김인승은 천리타향에서 자기만 믿고 따르는 이국의 성실한 청년을 보고 한없는 연민을 느꼈다.

그 무렵 블라디보스토크에는 일본인 가사노笠野라는 사람이 러시아 선박을 3천 원圓에 빌려 운송도 하고 소규모의 일·러 무역도 하고 있었다. 다케후지는 그 회사에 취직을 하게 되면서 김인승과 떨어져 살게 되었던 것이다. 그 회사는 일본으로부터 백미, 식염, 칠기, 도자기, 양산, 부채, 낚시 도구, 제등提燈, 분재류盆栽類 등을 가져다가 팔고 블라디보스토크로부터는 각종 서양 물품을 보는 족족 일본으로 운반하여 팔았다.

이번에 다케후지가 병 휴양차 일시 귀국한다고 하자 김인승은 석별의 정을 누를 길이 없었다. 경원댁이 정성 들여 차려 준 술상 앞에서 김인승은 붓을 들어 단숨에 칠언절구 두 수를 휘지하며 눈물을 글썽였다.

해삼위 부두에서 어찌 그대와 헤어질까
그대 나를 위로하고 나 그대를 위로하는데
정을 다하지 못하고 귀성을 서두르니
하염없이 술잔을 들고 그대를 생각할 뿐

海蔘原頭怎別君 君應憐我我憐君

討情未了催歸輸 觴詠時時盍思君

불편한 몸을 끌고 떠나간다 하네
신음 소리 그대 얼굴 걱정만 되니
외로운 이야기에 슬픔이 쌓여
두 마음 하나 되어 형제가 되었지

一則臥病一則行 行色病聲揔愁情

孤懷談去增傷感 兩心通來稱兄弟

마치 못 돌아올 곳에 동생을 보내는 친형처럼 다케후지

를 사랑하는 김인승의 심정은 애절한 데가 있었다. 에도 시대 말기에 쓰시마번對馬藩에 근무하며 대조선 외교를 담당했던 아메노모리 호슈雨森芳洲는 조선과의 교제는 마땅히 '성誠', '신信' 두 글자를 외교의 지상 목표로 삼아야 한다고 주장하고 실천에 옮긴 사람이다. 오늘 김인승의 다케후지에 대한 사랑은 진심과 믿음 바로 그것이었다.

2

야포넷호에서 다시 육지로 나온 세와키는 야마모토 도요키치山本豊吉가 우거하는 곳을 찾아갔다. 다케후지가 가사노 회사에 취직하면서 함께 기거하고 있는 곳이었다. 두 사람은 마침 외출하고 없고 전에 같은 배를 타고 왔던 요시다 리하찌吉田利八의 아내가 세와키 일행을 맞이하며 담배 등을 권했다.

두 사람이 금세 돌아올 것 같지 않자 세와키는 다시 오겠노라고 집을 나섰다. 그러곤 큰길 뒤쪽에 있는 금각봉金角峰, 골드 호른이라 부르는 산을 올랐다. 사방을 내려다보니 시내에는 러시아 진대관, 독일의 상관, 기타 상인들의 주택이 있고, 만주인, 조선인의 작은 집들이 줄을 잇고 있었다. 그 중에서도 조선인의 마을은 군데군데 군락을 이루고 있는데 한눈에도 분간할 수 있었다. 같은 초가집이라도 만주인의 지붕은 억새풀로 엮고 대개 각이 지지만 조선인의 군락은 볏짚으로 엮은 둥그스름한 지붕이 빈궁해 보이면서도 나름 따뜻하고 평화로운 인상을 주었다.

잠시 후에 야마모토가 돌아왔고 다케후지도 돌아왔다. 다케후지는 방금 야포넷호를 찾아가던 중에 세와키가 상륙하였다는 말을 듣고 다시 돌아오는 길이라고 했다. 그들은 사케와 안주 등을 내놓으며 세와키 일행을 대접했다.

다케후지는, 바로 옆집이 미국인 코펠이 경영하는 상점인데 안집이 넓고 깨끗하여 임시 사무실로 쓰는 것이 어떠냐고 물었다. 시험 삼아 가 보았더니 무척 깨끗했고 코펠도 대환영의 뜻을 밝혔다고 전했다. 세와키는 본선에 가서 선장과도 상의하겠다고 하고 일단 본선으로 돌아왔다. 본선에 돌아온 즉시 선장에게 말하자,

"지금까지 국경일 준비로 육지의 지방관에서부터 바다의 수부水夫에 이르기까지 눈코 뜰 새 없이 바빴습니다. 그래서 당신들의 일을 태만히 한 것도 사실입니다. 오늘 아침은 1등사관을 육지로 보내 이곳 지방관과 상의하여 안전한 여관

으로 당신들을 옮기기로 이미 계획을 짜 놓고 있습니다."
하는 것이 아닌가. 세와키는 다케후지가 말한 코펠의 집도 있다는 것을 거론만 하고, 일단 분에 넘치는 배려에 깊이 감사하고 그 결정에 따르겠노라고 하였다. 여관 '쓰우페세프'란 곳에 이르니 다케후지, 야마모토가 벌써 선장과의 타협 결과를 미리 알고 찾아와서 여관에서 기다리고 있었다. 여관 2층은 당구장이어서 좀 시끄러울 것 같았지만 성의를 거절할 수는 없었다. 그들에게 집을 좀 보아 달라 하고 진대대리 아후나세프를 찾아갔다. 그에게 먼저 하선 문제며 여관 거주건 등을 허락받았다. 배려에 대한 감사의 의미로 선물을 전달하는 한편 육지에서 할 일 등을 보고하였다.

다시 선장의 알선을 받아 지방 장관 휘리포비치의 공관을 방문하였다. 명함을 내밀고 면회를 청하자 그는 활달한 걸음으로 걸어 나오면서 세와키 일행을 반갑게 맞이했다. 첫 대면의 인사를 하고, 세와키는 금번 시찰의 명을 받고 이곳에 왔으니 잠시 체재하는 동안 제반의 편의를 제공해 달라고 부탁했다. 휘리포비치는 무심히 고개를 끄덕이며 자기의 관심사부터 이야기하기 시작했다.

"귀국과 조선과의 관계는 껄끄러운 관계라고 들었습니다. 무슨 연유가 있었으며 결과는 어떻게 되겠습니까?"

"그 사건서계 문제 자체에 관해서는 자세히 모르지만 귀하께서도 역사는 아시리라 믿습니다. 원래 조선국은 고래로 우리나라일본에 부속돼 있는 것이나 마찬가지여서 줄곧 조공을 바쳐 왔습니다. 그런데 도쿠가와 시대에 이르러 무익한 비용을 절약하기 위하여 대마도에서 조선 사절을 맞기로 했지요. 그 때부터 우리나라와는 점차 소원해졌는데, 근래에 와서 다시 우리나라가 사절을 보냈으나 거절당했다고 들었는데 그 후의 일은 잘 모르겠습니다."

"일이 순조롭지 못하단 소문을 들었습니다. 일본은 큰 나라이고 조선은 작은 나라이니 같은 동양인들끼리 잘 지내야 되지 않겠습니까?"

"그들은 워낙 무지몽매하다고 들었습니다. 황국은 그런 나라와 보조를 맞출 시간적 여유가 없습니다. 우리는 구라파와 어깨를 나란히 하고 갈 따름이지요. 일국의 국서를 거절한다는 것이 말이 되는 소리입니까?"

"그들은 그들 나름대로 이유가 있지 않겠습니까?"

"무슨 서계가 맞지 않다는 이유였다고 들었는데 그것은 그들의 형식을 말하는 것이고 우리는 우리의 형식이 있는 것이지요. 만국공법이 있는 것쯤은 알아야지요."

"일본이 국제 정세에도 밝으니 좀 가르쳐 주면 될 것 아닙니까. 내가 알기로는 조선은 청국과 마찬가지로 유구한 역사를 가진 나라로 알고 있습니다."

"황국은 조선에 대해서 관용을 베풀 의사가 별로 없습니다. 황국은 예부터 연장자를 존중한다거나 역사가 긴 것을 중히 여기지 않습니다. 전통적으로 우리는 '에라이 히토훌륭한 사람', '에라이 구니훌륭한 나라'한테만 복종을 하고 존경을 하는 습관이 있습니다."

"일본은 우리 러시아와도 좀 더 친하게 지내야 합니다. 미국이 일본을 개항시킬 때 러시아도 동시에 그런 뜻을 가지고 있었지요. 결국 미국보다 한 발짝 늦어서 미국이 일본을 개항하게 됐고 우리는 1년 후에 시모다下田조약을 맺는데 그쳤지요."

"잘 알고 계시군요. 그래서 에도로후와 우루푸 사이가 국경이 되어 경계가 생겼지요. 그 조약으로 남쿠릴은 일본 땅이,북쿠릴은 러시아 땅이 되고 사할린은 양국의 공동 관리 구역이 되었구요."

휘리포비치는 밤을 새워서라도 얘기를 나누고 싶은 모양이었다. 그런데 앞에서 세와키가 조선과의 교류 문제에서 '무익한 비용을 절약하기 위하여' 운운한 말은 사실과 달랐다. 그 말은 1711년 제8차 조선통신사 때 아라이 학세키新井

白石가 주장했던 바이나, 우리 통신사가 실제 대마도의 후쥬府中, 嚴原. 이즈하라까지만 간 것은 마지막 회인 제12차 통신사 때1811뿐이다. 그것도 양국 정부의 합의하에 이루어진 것이고 양국 관계가 소원해서 그런 것은 아니었다. 그 뒤로도 대마도나 초량草梁, 왜관 등을 통하여 선린 관계를 계속했다.

휘리포비치는 말을 이어갔다.

"대만台灣 사건은 어떻습니까?"

"대만은 1천 5백 년 동안이나 우리의 군함이 그 섬에 드나들고 있어서 일단 우리의 속도屬島가 되었습니다. 최근 들어서는 오랫동안 우리나라에서 그곳에 간 일이 없는데, 그동안 중국이 그 서북부를 점령하였고, 동남부는 18부部로 나누어져 마치 독립국처럼 되었습니다. 그런데 4~5년 전 우리의 속도 오키나와沖繩 섬의 어부 45인이 그 동남부에 표착漂着하게 되었는데 토착인들이 그 중 41인을 살해한 일이 있었지요. 다음 해에는 우리나라 히젠肥前의 주민 4명이 대만 동남부에 표착하였는데 다시 물건도 빼앗기고 배도 빼앗긴 일이 있었습니다. 그 내용을 중국 정부에 보고 하였으나 중국 정부에서는 자기들과는 관계없다는 뜻을 전해 왔습니다. 그러자 우리는 앞으로의 피해를 줄이기 위하여 하는 수 없이 작년에 선박을 파견하였는데 그쪽으로부터 공격을 받고 말았습니다. 이렇게 해서 일전이 벌어지게 됐는데 다행히 우리 병사가 승리를 얻어 모두를 복종시키기에 이르렀지요. 그때에야 중국 측에서는 앞의 말과는 상반되게 대만은 자기들의 속방屬邦이라고 통지해 왔습니다. 드디어 격론이 벌어져, 전에는 관계 없다고 하지 않았느냐고 힐난하자 중국 측에서도 이치적으로 굴복하게 되어 보상금을 내기에 이르렀지요. 그런데 이 일은 나와 직접적인 관계가 없기 때문에 더 자세한 것은 알지 못하겠습니다."

대만의 모란사牧丹社사건을 완전히 아전인수 격으로 설명하고 있으나 양국 사정을 잘 모르는 휘리포비치는 그저 듣기만 하고 있었다.

이 사건은 1871년에 69명이 탑승한 유구琉球, 오키나와 선박이 풍랑으로 대만 동해안에 표류, 3명이 익사하고 66명이 상륙에 성공하나 그 중 54명이 모란사 원주민에게 살해되고, 목숨을 건진 12명은 한족의 도움으로 봉산현청에 인계되어 유구로 돌아간다. 얼마 후 사토 리하찌佐藤利八란 자 소유의 선박이 원주민에게 약탈당하자, 일본은 3년 후1874에 오쿠마 시게노부大隈重信에게 후방 지원을 맡겨 공격을 감행하고 청국 총리아문과 담판하여 50만 냥의 배상금을 받아낸다. 그러나 이 사건은 정한론자들의 불만을 잠식시키기 위한 전쟁이기도 하였다. 사이고 다카모리 일파의 퇴진으로 인한 사족 세력의 불만을 누그러뜨리고 그 관심을 밖으로 분출시켜 청국과 일본 양속兩屬 상태의 유구를 확실히 일본으로 귀속시킨 결과를 가져왔던 것이다.

세와키가 이곳의 수출품으로는 어떤 것이 있느냐고 묻자 휘리포비치가 말했다.

"이곳은 새로 개척한 곳이라서 지금까지 수출품이라고 할 만한 것이 별로 없습니다. 귀국은 인접국이니 국산러시아산을 무엇이나 좀 많이 수입해 주시기 바랍니다."

세와키는 그 말을 받아서, 만약 일본이 수출을 한다면 어떤 물품을 하는 것이 좋겠느냐고 물었다. 휘리포비치는 이곳이 신개항지이기 때문에 모든 것이 다 유용하지만 그 중에서도 대맥분大麥粉, 소금, 석회 등이 가장 긴요하다고 했다. 휘리포비치와 진대대리 아후나세프는 두 사람 다 위엄이 있고 흉중에 책략이 있어 보였으며 연해주 개척에 욕망이 넘쳐흐르는 인상이었다.

추풍의 연가

1

세와키는 선장 오스토로포프가 마련해 준 여관 쓰우페세프에서 다케후지가 소개한 미국인 코펠의 집으로 숙소를 옮겼다. 오스토로포프에게 양해를 구하고 짐을 챙겨 일단 숙소를 바꾸니 훨씬 마음이 안정되었다. 방은 두 개를 빌렸다. 이웃에는 영국인 덴비스라는 사람과 제니라는 사람이 살고 있고, 독일인과 핀란드인 등 서양인들이 많이 살고 있어서 물정을 알기에도 유리할 것 같았다. 특히 러시아어·조선어가 능통한 다케후지가 옆에 산다는 것이 무척 든든했다.

다케후지가 알고 있는 블라디보스토크의 외국인은 미국 대상大商으로 코펠·테후레시·스미스·폴만 등 4인이었고, 독일 대상으로는 헤케·콘스라·텍스만·하칸마이 등 4인, 그리고 영국 대상으로는 덴비스와 제니 2인이 있지만 소상들은 모두 40~50명쯤 된다고 했다.

코펠의 여관은 방도 아주 깨끗했고 음식도 상당히 좋았다. 집이 윤택해 보이고 규모도 상당히 커서 크고 작은 방만도 15개에 2층도 있었다. 집안의 인원도 관리인 2인, 부인, 아동, 하녀, 사동을 합하면 16~17명이나 되었다. 주인 코펠이 나와서 세와키 일행을 맞이하더니, 자기가 아는 대로 항구의 사정이며, 만주와 조선의 사정을 이야기했다.

"만주와 조선은 청국의 속지입니다. 원래 청국은 만주에서 시작된 나라인데 만주에 그대로 근거지를 두었으면 좋으련만 만주에서 페킹北京으로 수도를 옮기고 말았지요. 그러자 만주는 중국 문화에 동화되어 버리고 지금은 오히려 만주가 중국문화에 동떨어진 특별한 미개 지역으로 변하고 말았습니다. 더 가련한 것은 조선입니다. 만주는 그래도 옛 청국의 발상지로서 어느 정도 국제 정세의 흐름을 짐작하는 사람들이 있지만 조선은 아직도 캄캄한 밤중입니다. 오히려 중국의 개방 권유를 거절하고 청에 멸망한 명을 존중하며 소중화를 고집하고 있으니 안타까운 일이지요. 그 나라는 지금까지 통쾌한 역사도 없고 하나의 인물도 배출하지 못한 이상한 지역이랍니다. 오직 중국만 바라보고 중국이 하라는 대로만 하고 살았으니 대저 역사도 인물도 필요없을 수밖에

요. 청국도 안일에 빠지고 자기만 높은 줄 알고 있다가 국제 정세의 흐름에 완전히 뒤지고 말았습니다. 지금은 참으로 무능하고 힘없는 나라가 되고 말았지요. 이제부터 청국, 만주, 조선은 누가 먼저 차지하느냐 하는 국제 경쟁이 벌어질 것입니다. 먼저 차지하는 자가 임자요, 많이 가져가는 자가 승리자가 될 수밖에 없습니다. 지금 그들은 나라를 구제할 어떤 방책도 없습니다."

세와키는 코펠의 말을 듣고 가마솥의 물같이 끓어오르는 자국의 정한론을 떠올렸다. '중국과 만주는 지금 당장 급하지는 않다. 조선만큼은 어느 나라에도 빼앗겨서는 안 된다. 시간이 없다.' 세와키는 자기가 가장 존경하는 정한론자 요시다 쇼인吉田松陰을 생각했다. 그가 세운 쇼카 손주쿠松下村塾의 문하생들이 바로 메이지유신을 성공으로 이끌었지 않은가? 요시다 쇼인은, 하루 속히 국력을 길러 교역으로 미국과 러시아에 입은 손해를, 약한 조선·만주·지나중국를 정벌하여 보상받으면 된다고 주장했다. 세와키가 나가사키에 유학하여 난학을 배운 것도 바로 요시다 쇼인을 모방하고자 한 그의 학구열 때문이었다. 이번 블라디보스토크 방문도 절반 이상은 조선 정략에 대한 임무를 띠고 있었다.

세와키는 국가 기밀을 누설하면 안 되기 때문에 하고 싶은 말을 목구멍 너머로 꿀꺽 삼키며 화제를 돌렸다. 일본이 이곳에서 수입을 한다면 어떤 물품이 좋겠느냐고 물었다. 코펠이 대답했다.

"나는 장사꾼입니다. 돈을 버는 것이 주업이지요. 물품 수입 건을 모두 나에게 맡기신다면 물품을 말하겠지만 그렇지 않다면 말하고 싶지 않습니다."

의외의 말에 세와키는 흠칫 놀랐다. 전형적인 상인이로구나 생각하고 있는데 코펠이 뜬금없는 말을 꺼냈다.

"이번 이곳에 영사로 오셨지요? 영사님을 뵈면 말씀드리려고 맘먹고 있었습니다. 마쓰시마를 5년간만 나에게 대여해 주시면 어떻습니까. 세금은 내겠습니다."

"저는 영사가 아니고 무역 사무소 설치 건으로 사전에 파견된 사람일 뿐입니다. 마쓰시마에 관한 어떠한 권한도 저는 가지고 있지 않습니다. 왜 그 섬에서 금은보화라도 나옵니까?"

"아닙니다. 만약 대여해 준다면 나에게 생각이 있습니다. 제가 전에 그 섬의 주위를 돌면서 항구가 될 만한 곳을 눈짐작하여 놓았지요. 무인도라면 몰래 들어가 살고 싶어서 그렇습니다."

코펠이 싱겁게 웃으며 대답했다. 알고 보니 그는 금광에 관심이 있는 사람이었다. 나중에 코펠이 종이에 잔모래를 담아 왔다면서 보여 주었다.

"이것은 우리 집 가복家僕이 근방 강가에서 떠온 것인데 질이 어떤지 좀 봐 주시겠어요?"

"이것은 금사金砂입니다. 당신네들이 말하는 소위 샌드 골드Sand Gold군요."

세와키가 보니 상당히 알맹이가 있는 금싸라기들이 모래에 섞여 있었다. 코펠은 그 말을 듣고 의미 있는 웃음을 지었다. 세와키는 광산학에도 상당한 조예가 있었기 때문에 금사에 대해서는 일가견을 가지고 있는 터였다.

세와키는 저녁때가 되어서 외출했다 돌아오던 길에 조선인 마을 한거우閑居隅를 지나게 되었다. 블라디보스토크와 포시엣 근방에는 추풍 이외 알려진 조선인 마을만 13곳이 있다. 한거우는 초가집들이 즐비하고 굴뚝에서는 저녁을 짓는 연기가 하얗게 모락모락 피어오르는 것이 정겹게 느껴졌다. 어느 집을 들여다보니 오십이 넘어 보이는 불결한 노인이 서서 수염을 어루만지고 목덜미를 긁으면서 무엇인가를 말하였다. 다케후지가 통역을 했다.

"일본인이로군. 조선인과 일본인은 본래 종족이 같다고 하더니 대저 얼굴이며 용모가 아주 흡사하군."

"조선인이십니까?"

"그렇소이다. 나와는 연령도 비슷한 것 같은데 참 반갑소. 연해주에는 일본인이 많지 않은데 무슨 일로 예까지 왔소?"

"업무차 왔습니다. 여기서 무엇을 하고 계십니까?"

"농사를 짓고 있지요. 이 마을의 조선인은 거의 모두가 농사를 짓고 있고 날품팔이를 하는 사람도 있지요. 그런데 당신의 차림새가 영락없는 양인의 차림새인데 지금 일본인은 모두 그런 차림을 합니까?"

"모두라고 말할 수는 없지만 이런 차림을 하는 사람도 제법 있지요."

"참 별일이네요. 일본은 마땅히 조선의 뒤를 따라야지요."

"네? 하하하."

세와키는 못들을 것을 들었다는 듯 얼른 뒤돌아섰다. 다케후지는 조선인과의 경험담을 많이 들려주었다.

"여기서 북으로 오십 리쯤 떨어진 조선인 부락 추풍에서 그다지 멀지 않은 곳에 토카토東河套라는 곳이 있습니다. 그곳은 고래로 일본인의 왕래가 아주 많던 곳으로 일본인의 분묘가 첩첩이 남아 있습니다. 그런데 무슨 연유인지는 모르지만 토카토를 이 지방 사람들이 조선식 발음대로 '동하투'라고 부르고 있습니다. 전부터 조선인과 일본인은 이역

땅에서 친하게 지냈던 것 같습니다. 그 지역에 조선인이 취락을 이룬 것은 필경 곡절이 있을 것입니다. 그리고 만주의 여러 곳에도 우리가 알지 못하는 곳에 일본인 분묘가 있는데 꼭 조선인 지역과 가까운 곳에 있습니다. 참 이상한 일이지요?"

"군君은 조선에 대한 인상이 아주 좋던데, 무슨 연유인가?"

"저야 조선인 때문에 제 목숨을 건졌으니까요. 제가 꼭 소개해 드리고 싶은 조선인이 있습니다. 김인승이라고 하는 제 생명의 은인인데 아주 학식도 있고 인품도 있는 분으로 지금 조선인 마을 추풍에서 훈장을 하고 계십니다. 저는 그와 의형제를 맺은 사이입니다. 저는 그 동네 사람들과 아주 친분이 두텁습니다. 지금도 그 동네에 들르면 열 집 이상은 돌아야 합니다. 여기저기서 초대를 하고 술자리를 마련하곤 합니다. 중매를 설 테니 결혼해서 자기들과 같이 살자고까지 합니다. 차상환車相煥이라는 사람이 집에 식사 초청을 해서 갔더니 자기 딸더러 식사 수발을 하게 하고 이야기도 하게 하여 우리 둘이 친하게 지냈으면 하는 눈치가 역력했습니다. 덕분에 둘이는 친하게 되어 차상환의 딸 점순이 아가씨와는 어느덧 연인 사이가 되었습니다. 그래서 추풍은 저의 제2의 고향이 되었지요."

다케후지의 말은 계속되었다.

“김인승 형님은 저에게 그런 말씀을 하셨습니다. 일본은 본래 조선의 종속種屬으로, 조선인이 일본에 건너가 그 종속을 번식시켰다. 그래서 풍속이며 문자까지 조선과 동일하다. 두 나라는 마땅히 서로 친하게 지내야 한다. 그런데도 근래 일본이 이국夷國과 교제하고 이체이행異體異行을 함으로 이제까지의 교분을 깨뜨리게 됐다. 만약 일본이 그것만 고친다면 어찌 구교舊交를 깨뜨릴 수가 있는가. 이 말은 우리 조선에 파다히 퍼져 있는 말이다. 그래서 제가 물었지요. 그 이야기는 일본의 조선 정벌 때 삿슈薩州에 생포되어 왔던 조선인 이야기가 아닙니까 했더니 그런 이야기는 전혀 들어본 적이 없다고 했습니다. 이곳 연해주로 탈주해 온 조선인은 조선풍의 머리를 그대로 하고 있는 자도 있고, 러시아인처럼 머리를 짧게 깎고 러시아 복장을 하고 있는 자도 있습니다. 조선풍의 머리를 하고 있는 자는 아직 러시아의 정치에 신복하지 않고 귀국할 마음이 있는 자이고, 머리를 짧게 깎고 러시아풍의 옷을 입고 있는 자는 러시아의 정치에 신복하고 귀국할 생각을 끊은 자입니다. 그런데 김인승 형님은 다시 고향으로 돌아갈 수 없는 몸이라고 말씀하시면서도 한복에 상투를 틀고 살고 있으며 조선에 대한 긍지가 대단히 높은 분입니다."

며칠이 지난 후, 다케후지는 25~26세쯤 되어 보이는 조선인과 함께 왔다. 세와키는 조선의 '가나假名, 한글'를 써 보라 하고 그 음을 들어 보니 대략 일본의 50음과 닮아 있었다. 그런데 일어는 50음 이상은 발음을 할 수 없게 되어 있는데 조선어는 음수가 1백 60여 개나 되어 깜짝 놀랐다. 대충 조합을 해보아도 3천 음절은 거뜬히 발음할 수 있을 것 같았다.

세와키는 조선에 대해 좀 더 알고 싶었지만 이 자는 학문이 얕아서 겨우 자기 성명을 쓸 수 있을 뿐이고 학문에 관한 것은 전혀 대답하지 못했다. 그래서 오늘 중으로 조선에 편지하여 고래로부터의 일본에 관한 서적이 있으면 붙여 오게 해 달라고 한 가지만 부탁해 놓았다.

2

다케후지가 추풍에서 몸의 건강을 되찾은 듯하자, 식사 초대를 하는 집이 늘어나 이틀에 한 번 꼴로 꼭 외식을 해야 했다. 다케후지는 동네 친구들과 같이 산에 나무하러 가서 땔감을 한 지개씩 해오기도 했다. 때로는 갈퀴로 가랑잎을

긁어모아 그들에게 배운 대로 네모지게 단단히 뭉쳐 새끼로 얽어매어 지고 오기도 했다. 김학우하고는 어느덧 제법 무게 있는 이야기를 하는 상대가 되었다. 김학우 역시 다케후지와 토론하기를 좋아했다.

"일본은 무슨 연유로 임진왜란을 일으켜 조선에게 그토록 큰 고통을 안겨 준 것이오?"

"임진왜란요? 그런 말은 들은 적이 없고 아마 분로쿠, 게이초노 에키文祿, 慶長の役를 말한 것 같은데, 내가 알기로는 일본이 전에 조선에 임나일본부를 설치하여 2백 년 동안 지배한 적이 있기 때문에 국토 회복을 한다는 명목으로 출병하였다고 들었소."

"분로쿠니 임나니 하는 것은 또 무엇이오. 일본은 역사도 날조한다고 들은 적이 있는데 정말 그런 모양이오. 언제 일본이 조선을 2백 년 동안이나 지배한 적이 있단 말이오."

"일본 사람들은 모두 그렇게 알고 있습니다. 진구神功 황후의 신라 정벌 이후 임나일본부가 2백 년 동안이나 남조선을 경영한 적이 있기 때문에 도요토미 히데요시豊臣秀吉 태합太閤께서는 구토 회복을 한다는 명목으로 조선 정벌에 나선 걸로 알고 있습니다."

"도대체 당신은 어디서 그런 말도 되지 않는 소리를 들었단 말이요. 진구는 또 무엇이고 구토란 또 무엇이오. 그런 말을 다른 일본인도 알고 있는 것이오?"

"네, 모든 일본인은 그리 알고 있습니다. 그리고 태합의 조선 진출의 주목적은 명나라를 치기 위한 것이었고 그러기 위하여 조선에 길을 안내하라는 것이었다고 들었소."

"그것은 그냥 하는 소리이고 명나라에는 가 보지도 못하고 조선만 분탕질을 쳤지요. 오죽했으면 임진왜란 때 참전한 사야카沙也可 같은 사람은 조선에 자기 부하들을 데리고 집단 투항하여 일본과의 전쟁에서 앞장서서 일본군을 무찔렀겠소. 그래서 우리 임금으로부터 사성賜姓을 받았고, 그의 조선이름이 김충선金忠善인데 그를 알기나 하세요? 지금 대구 달성군 가창면 우록리가 김충선 장군의 후예들이 사는 동네랍니다."

"나는 그런 말은 생전 처음 들어보는 말입니다. 저를 보고 너무 노여워 마세요. 말씀을 해 달라고 하시니 일본인의 생각을 전했을 따름이고 저는 개인적으로 일본인의 조선에 대한 편견을 찬성한 사람이 아닙니다."

옆에서 두 사람의 언쟁을 듣고 있던 김인승은 자칫하면 두 젊은이가 크게 다툼이 벌어질 수도 있다는 것을 알고 말을 중동무이 시킨다.

"그만, 그만. 우리는 서로의 역사에 대하여 너무나 모르고 있다. 이제부터 많은 대화를 해서 서로 오해를 없애도록 해야겠다. 일본은 우리 백제가 가서 세운 나라니까 우리와 모든 것이 다 닮을 수밖에 없지."

"형님, 저는 그 말씀도 처음 듣는 말입니다."

"자자, 됐네. 오늘은 이만하자."

그때였다. 앳된 처녀가 다케후지를 불렀다. 일전에 세와키에게 말했던 조선인 여인 점순이였다.

"다케후지 오빠! 아버님이 집에 와서 식사하라고 하세요."

올해 열여덟 살인 점순이는 다케후지를 마음에 둔 지 오래다. 다케후지도 점순이만 보면 괜스레 가슴이 뛰고 얼굴이 달아올랐다. 벌써 마음속으로는 연인 사이가 된 지 오래였다. 점순이의 부친도 나이가 찬 딸을 보며 배필을 생각하던 차 다케후지를 보고 은근히 마음에 두고 있던 참이었다. 점순이 가족의 식사 초대에 김인승도 김학우도 사양을 하고 다케후지만 집을 나서게 되었다. 점순이는 은근히 좋은 모양이다. 다케후지가 앞장서고 점순이는 뒤를 따르며 가슴이 방망이질 치고 있었다.

집에 도착하자 점순이네 식구들은 모두 기다렸다는 듯이 반가이 맞이하였다. 점순이의 부친은 평안도 사람으로 동네 사람 네댓 명과 함께 두만강을 넘어 러시아로 월경한 가정이었다. 조선에서는 어려서 서당을 다니며 『축문祝文』을 다 떼고 다음으로 『명심보감』을 외다가 중간에 그만둔 것이 그의 한학 지식의 전부이지만 문자도 깨우친 사람으로 항상 바르게 사는 것이 생활의 목표였다. 그곳에는 옆집에 사는 김정윤이란 자도 참석하였다. 김정윤은 조선에서 선달이라는 지위에 있던 사람으로 상당한 지식이 있어 보였다.

농태기탁주까지 곁들인 이른 저녁 식사가 시작되었고 김정윤은 다케후지에게 이런 말을 하였다.

"옛날 일본이 병兵을 일으켜 조선을 쳐들어 왔을 때 조선은 크게 패했지요. 이때부터 일본에 매년 정초正初, 단오, 팔삭, 세 차례씩 사절을 보냈으나 그 후는 팔삭에만 보냈고, 또 그 후에는 2년 또는 3년 만에 한 번씩 보냈습니다. 최근에는 전혀 보내지 않고 있지요. 오늘날에는 일본이 입번入番이라고 하여 백 명 정도 동래부東萊府에 재근在勤시키고 있을 뿐입니다."

"저는 거기에 대해서는 잘 모릅니다. 일본에 살 때 저의 동네에 조선인이 살고 있었습니다. 그 조동곤이라고 하는 친구와는 무척 친하게 지냈고 그의 집에도 많이 놀러 가곤 하였습니다. 그의 부모도 저를 무척 좋아했습니다."

김정윤이 정확하지 않은 말을 하는 것 같은데도 다케후지는 알지 못해서 대꾸하지 못하고 자기 친구 얘기를 하였다. 김정윤은 또 말하였다.

"조선인 어부들이 일본에 표착하면 일본 지방관은 항상 후히 대우하여 호송해 주곤 했습니다. 이것은 구호舊好가 있었던 연고이니 그 뜻에 깊이 감사합니다."

"저도 들어서 알고 있습니다. 표류민은 마땅히 후히 대해야 하겠지요."

"3년 전 왜관의 일본인이 동래부에 침입했을 때 큰 의론이 일어났지요. 혹은 일본과 화친하자 하고, 혹은 화친해서는 안 된다 했습니다. 그런데 재미있는 결론이 하나 나왔습니다. 지식 수준이 중 이상인 사람은 화和하자 하고 중 이하의 사람은 화해선 안 된다고 하였습니다. 그 후로 지금까지 그대로 인 것 같습니다. 일본도 그런 일을 다시는 해서는 안 되고, 조선도 할 수 있는 한 친하게 지내야지요."

"그럼요."

"김선달은 우리보다 아는 것이 많아 우리 동네에서 모두 존경하고 있답니다."

점순이의 부친이 김선달을 추켜세워 주고 다케후지도 많은 것을 배운 것 같아 기분이 좋았다.

식사가 끝나자 점순이가 다케후지를 배웅하였다. 다케후지는 옆으로 바싹 다가온 점순이에게 음악회에 가지 않겠느냐고 물었다. 어제 러시아 군관에게서 수병들의 막사가 있는 곳에서 음악회가 열리니 와서 보라는 이야기를 들었기 때문이었다. 점순이는 좋아서 어쩔 줄을 모르는 눈치였다.

둘은 오랫동안 걸었다. 길이 어두워졌지만 상현달이 청동쟁반처럼 초저녁 연해주 비탈길을 아늑하게 밝혀 주고 있었다. 멀리서 이국의 음악 소리가 들려왔다. 다케후지도 점순이도 생소한 음악이었지만 마음에 위안을 주는 멜로디였다. 음악회 장소가 가까워지는지 러시아 수병들이며 일반인들이 그 쪽으로 발걸음을 옮기고 있었다. 막사에 다다르자 남녀가 각각 피아노를 한 대씩 앞에 놓고 치고 있고, 한 사람이 나와 나팔과 호궁胡弓, 피아노 반주에 맞추어 노래를 불렀다. 그 음성에 억양이 있고 청탁이 있어 실로 감상할 만했다. 어떤 음악인지는 잘 몰랐지만 서양의 문화이려니 하며 들으니 처음 들어도 흉금을 울리며 마음에 희열을 느끼기에 족했다.

다케후지는 점순이의 손을 살며시 잡았다. 점순이는 손을 맡기고 있다가 다케후지에게 슬그머니 몸을 기댔다. 점순이 머리의 무게가 어깨에 느껴지자 다케후지는 가만히 어깨에 한 손을 얹었다. 두 남녀는 어느덧 몹시 몸을 가까이 하고도 아무런 수치심이 없었다. 막사에 가득 찬 관중은 박수갈채를 보내고 음악에 취해 있었으나 이 두 남녀는 또 다른 경지에 취해 있었다. 점순이는 여느 처녀들과 다를 바 없이 순진무구했으나, 어딘가 쫓기는 듯한 느낌이 들었다. 다케후지도 왜 그런 인상을 받았는지는 알지 못했다. 그 후로 다케후지와 점순이는 단둘이만 밖에서 만나는 횟수가 잦아졌다. 그들은 자주 블라디보스토크까지 걸어서 금각봉에 올랐다. 차츰 단둘이만의 비밀이 많아졌고, 깊은 숲속에서 도심의 화려한 불빛을 내려다보며 사랑의 몸짓을 나누기도 했다.

그날도 돌아오는 길에 바닷가를 걷자니 만주인 축제라면서 노천극장에서 연극을 하고 있었다. 그 모양을 보니, 성인 남녀 한 쌍이 서서 연극을 하는데, 부인은 일본의 시마다카미島田髮, 위로 땋아서 묶은 머리같이 머리를 하고 긴 몬쓰키紋付, 문장을 넣은 예복에 연노랑 물을 들인 하오리羽織, 위에 입는 짧은 겉옷를 입고 있고, 남자는 긴 두루마기 같은 옷을 입고 때로는 우측 때로는 좌측에서 입장하며, 기쁜 표정 슬픈 표정들로 바꾸어 가며 말을 하고, 한 노인이 옆에 앉아서 가끔 말에 끼어드는 것이 흡사 판소리에서 맞장구치며 고수가 흥을 돋우는 반주 소리 같았다. 뜻은 잘 모르지만 다케후지는 일본의 가부키를 생각하고 점순이는 조선의 굿거리장단을 생각하며 서로 기뻐하고 있었다. 다케후지가 알아듣는 러시아어를 대충 설명해 주고 있었으나 다케후지도 다 알아듣지 못하고 있을 뿐더러 러시아 음악에 대해서는 생소했다. 점순이도 대충의 말은 알아듣지만 더 자세히 알려고 하지 않았다.

어느 날은 굳이 정교회 성당을 가자고 점순이가 앞장섰다. 많이 와 보던 곳을 가는 것처럼 능숙하게 앞장서서 가는 점순이를 따라 성당 안으로 들어서자 점순이는 한쪽 구석으로 가더니 성수를 찍어서 성호를 긋고 정숙하게 꿇어앉아 오랫동안 기도를 드렸다. 다케후지는 기도라고는 신사神社에 가서 손뼉을 세 번 치고 꾸벅꾸벅 절을 하는 것밖에 모르기 때문에 소리는 내지 않고 손뼉도 치는 시늉만 하고 공손히 두 손 모아 절을 했다.

다케후지는 갑작스런 점순이의 행동에 당황했다. 어디서 보고 왔는지 러시아 신부가 성큼성큼 걸어왔고 점순이는 신부님을 반가이 맞이한다. 점순이는 정교회 신자였다. 1856년 러시아 종무원은 아무르 지역의 이민족에 대해 공개적인 정교회 선교를 허락했다. 그 후로 한인 이주와 더불어 인노켄티 베니아미노프 주교에 의해 한인에 대한 정교회의 선교

활동이 시작되었던 것이다.

"발레리안 신부님!"

"자매님 그간 편히 계셨습니까? 오랫동안 뵙지 못한 것 같습니다."

"네, 잘 휴양하고 있었습니다. 소개하겠습니다. 이분은 제 남자친구 다케후지입니다."

"안녕하십니까? 자매님과 함께 성당에 나오시지 않겠습니까?"

"네, 생각해 보겠습니다. 성당은 생전 처음 와 보았습니다. 저분은 누구시고 저분은 누구십니까?"

"저분은 예수님이시고, 저분은 성모 마리아님이십니다. 예수님은 우리의 모든 허물을 속죄해 주시는 분이십니다."

"네에."

"참 자매님, 제가 시키는 대로 잘 하고 있습니까? 영양실조가 되어서는 절대 안 됩니다. 찰밥, 강냉이 같은 것을 많이 섭취하십시오."

점순이와 발레리안 신부님은 자기들만이 아는 내용을 한참동안 이야기하였다. 다케후지는 점순이의 돌발적인 행동에 이방인을 보는 것처럼 바라보고 있었다. 점순이가 언제부터 정교회 신자였단 말인가? 성당을 나오면서 양쪽 길가에 피어 있던 이름 모를 들꽃이 괜스레 서글퍼 보였다.

점순이가 어떤 병으로 고생을 하고 있다는 것을 안 것은 성당을 나오면서 점순이의 얼굴을 보고 짐작하였다. 슬픈 표정으로 다케후지를 바라보던 점순이의 눈에는 작은 이슬이 고여 있었다.

"점순 씨, 저한테 뭐 속이고 있는 것이 있지요? 신부님이 영양실조 뭐라고 하는데 그 말이 무슨 뜻이에요."

"네, 죄송해요. 저도 잘은 모르는데요. 신부님은 무엇인가 제 병명을 알고 계시는 눈치예요."

점순이의 얼굴이 창백하고 볼에 홍조가 나타나서 더 아름답게 보였던 것도 알고 보니 결핵의 말기 증상이었다. 당시 가난과 싸우던 한인들에게 가장 많았던 것은 결핵이었고 발레리안 신부님은 그것일 것이라고 지레 짐작하고 한 말이었다. 그제야 점순이에게 느낀 어떤 다급함의 이유를 알 것 같았다. 굳이 풋과일 같은 '소녀'를 주고 떠나고 싶어 하던 점순이의 모습이 다케후지의 몸과 마음에도 깊은 슬픔으로 각인되었다.

그로부터 3개월도 못 되어서 점순이는 나비가 되어 먼 나라로 날아가 버리고 말았다. 이따금 꿈속에서 점순이가 떠나가던 장례 행렬을 보곤 했다. 성당에서 만났던 러시아 발레리안 신부님의 인도 하에 묵묵히 따라가던 검은 옷과 흰 옷의 행렬. 신부님 몇 명과 수녀들의 검은 망토와 조선인의 흰옷 입은 한복의 행렬은 합칠 수 없는 어떤 한계를 예고하는 듯했다.

김인승과 세와키의 조우

1

김인승은 동생 다케후지가 일본에서 돌아온 이후, 꼭 자기 숙소에 들러 달라는 약속을 지키기 위하여 추풍의 농민 몇 명과 함께 구경할 겸 블라디보스토크를 방문하였다. 추풍의 농민들은 전적으로 블라디보스토크 구경이 목적이었기 때문에 같이 여관을 정하고 행동은 따로 하기로 했다.

김인승이 오기 전 다케후지로부터 김인승에 대하여 자세한 이야기를 들은 세와키는 그가 연해주에서 만날 수 있는 조선의 지식인이란 것을 알고 전력을 기울여 탐문하기 시작했다. 자기의 임무인 '당지인을 고용하여 조선 땅으로 들어가서 탐색하라'는 것과 '조선인을 고용하여 향도케 하고 사정을 탐문하라'는 임무를 수행할 기회가 왔다고 생각한 것이다. 그게 아니더라도 그에 상응할 만한 일을 할 수 있겠다고 판단한 세와키는 일단 다케후지에게 사전 탐문을 지시했다.

김인승이 다케후지의 집을 방문하였으나 부재 중이었다. 전에 다케후지에게서 들었던 코펠의 여관이 떠올라 그곳으로 가 보았다. 코펠의 집 앞뜰에는 그 집 가솔들이 유쾌히 뛰어 놀고 있었다. 코펠은 아들이 세 명 있는데, 장남이 8세, 차남이 7세, 막내가 5세였다. 장남의 사복私僕은 만주인, 차남의 사복은 조선인, 삼남의 사복은 러시아인이었다. 형제 셋이 같이 놀 때는 말이 잘 통하지 않는 경우도 있었는데, 그럴 때는 장남이 자기 사복에게서 배운 만주어와 약간의 조선어를 섞어서 전달했다. 그리고 작년 봄 조선으로부터 가족을 따라 월경한 13세의 하녀도 있는데 그녀는 조선어는 물론 러시아어도 곧잘 했다. 이곳 사람들은 남녀노소를 막론하고 3~4개국의 기본 회화를 구사하는 것이 상례였다.

"말 좀 물어봅시다. 여기가 코펠 씨 댁입니까?"

"조선 사람이세요?"

"응, 너희들도 조선 사람이냐? 너희들은 어디 살고 아버님은 무엇을 하는 분이냐?"

"저는 지신허에 살고 아버님은 농사를 지어요."

"저는 연추가 집인데 아버님은 부두에서 일해요."

"모두 포시엣에 가까이 살고 있구나."

달려온 아이는 차남의 사복과 13세 된 조선인 소녀였다. 그들의 안내로 코펠의 집안으로 들어갔다. 그때 마침 코펠은 핀란드인 한 명과 옆집의 영국인 덴비스와 제니 그리고 다른 한 명의 영국인과 어떤 중국인과 함께 담론을 나누고 있었다. 두 조선인 아이는 앞다투어 김인승을 소개했다. 코펠이 김인승을 맞이하며 말했다.

"다케후지는 저도 잘 알고 있습니다. 세와키 씨도 마침 외출 중이네요."

"반갑습니다. 이처럼 서양인을 만나 뵙고 말을 하게 된 것은 처음입니다. 영광입니다."

"그런데 전에 우리 미국이 조선에 문호 개방을 요구하였을 때 왜 당신들은 거절하였습니까. 참으로 좋은 기회였는데요. 그때 우리의 요구를 받아들였다면 조선은 지금쯤 일본처럼 되어 있을 것입니다."

"그때 미국은 문호 개방을 요구한 것이 아니고 싸움을 걸어왔다고 들었습니다. 저도 조선이 아직 쇄국을 하고 있는 것은 그다지 옳지 않다고 생각합니다."

코펠과의 대화를 엿듣던 영국인 덴비스가 비아냥대며 끼어들었다.

"중국인과 조선인, 만주인의 언행을 보면 대개 비슷비슷

합니다. 모두 자기 나라를 존대하고 성인국이라고 칭하며 타국은 천하고 야만스럽다고 여기지요. 그러나 멋도 모르고 으스대는 사람치고 다른 사람의 입장에서 보면 대개는 바보스럽고 고집불통입니다. 그들의 장래가 걱정됩니다."

그때 코펠이 받아서 중국인을 보며 말한다. 그 중국인은 즈푸芝罘에서 온 대상인이라고 하였다.

"중국 정부는 정말 부자예요. 전년에는 영국, 불란서와 싸워서 패하고 거액의 배상금을 내더니, 작년에도 대만 사건으로 일본에 보상금을 냈지 않습니까?"

다른 영국인이 이어서 중국 상인을 보며 말한다.

"귀국은 참으로 나약한 나라입니다. 대만 사건으로 일본에 50만 원이나 배상을 하고 치욕을 자초하지 않습니까? 그런데 대국인 중국이 소국 일본의 침략을 받고도 사기가 진작되지도 않고 의론이 일어나지도 않음은 어인 일입니까?"

"때마침 황제가 붕어하시고 배상금도 얼마 되지 않아서 그대로 따른 것입니다."

중국인의 대답에 영국인은 야릇한 웃음을 띠고 말했다.

"대만 사건이 일어났을 때 우리들은 상해에 있었기 때문에 그 시기를 잘 기억하고 있습니다. 대만 사건은 작년 6, 7, 8월의 3개월간에 벌어진 일이고 중국의 황제가 죽은 것은 올 봄의 일입니다. 당신의 말이 모순되지 않습니까?"

중국인은 쓴웃음만 짓고 외면하자 영국인이 계속 말했다.

"일본국은 근래에 크게 개화하여 동해의 일대 강국이 되었습니다. 그 정체政體는 우리 영국과 같아서 나는 대단히 일본국을 사랑합니다. 북경은 일본 병대 3만 명만 쳐들어가도 떨어질 것입니다. 지금 일본의 수준은 중국인의 머리 위에 앉아 있는 것이나 마찬가지입니다. 어쩌다가 중국이 이렇게 나약한 나라가 되었습니까?"

때로는 조롱하고 때로는 한탄을 하여도 중국인은 묵묵부답이었다. 덴비스는 김인승을 보고 말했다.

"실은 중국보다 더 걱정된 것은 조선입니다. 자기들이 받드는 중국이 풍전등화인데 그런 중국을 태산처럼 믿고 있으니까요. 당신이 조선의 어떤 위치에 있는 분인지는 모르겠습니다만 조선은 지금 당장 뉘우치지 않으면 후회 막급일겁니다."

"걱정해 주시는 말씀은 고마우나 저는 조선 정부에 어떤 조언을 할 수 있는 위치에 있지 않습니다. 대인들을 만나 뵙게 되어 반갑습니다."

김인승은 조선이 하늘처럼 받들던 중국이 서양인 앞에서는 조롱거리밖에 되지 않는다는 사실에 큰 충격을 받았다.

그리고 조선인인 자신의 처지 역시 너무나 초라하게 여겨졌다. 작별 인사를 나누고 다시 다케후지의 집에 들르니 이번에는 다케후지가 반갑게 뛰어나와 김인승을 맞았다.

"형님 잘 오셨습니다. 저랑 여기저기 구경도 하며 여기서 푹 쉬어 가십시오."

"반갑다. 나도 그럴 작정으로 왔다."

"제가 형님께 꼭 소개해 드리고 싶은 분이 있습니다. 일본 외무성 관원인 세와키 히사토 선생으로 매우 고명하신 분입니다. 지금 일본의 무역 사무소 설치 건 때문에 블라디보스토크에 와 계십니다. 형님 이야기를 했더니 꼭 만나 뵙고 많은 이야기를 하고 싶다고 했습니다. 그리고 그분이 책도 한 권 빌려 주셨습니다. 『국사략國史略』이라는 책입니다. 전에 추풍에 갔을 때 김복영이란 자가 저에게, 조선은 진시황 말엽에 건국하였으며, 일본도 역시 진시황 말엽인 것처럼 기술된 책이 있다고 했습니다. 그 이야기를 했더니 세와키 씨는 『국사략』의 「고레이제孝靈帝, 일본 제7대 왕부」를 펼치고 시황은 고레이 텐노 27년에 세상을 평정하였다고 말해 주면서, 천신 7대, 지신 5대는 말할 필요도 없고, 인왕인 진무神武, 제1대 왕 텐노부터 시작하여도 447년 후의 인물이 시황인데 어찌 일본을 시황 말엽이라고 말할 수 있겠는가 하시면서 이런 내용을 그 김복영이란 자한테 일러주고 형님에게도 전하라고 했습니다. 또 전날 귀성하였을 때 형님과 형제의 의를 맺었다고 부모님께 말씀드렸더니 부모님께서는 '일본과 조선은 고래로 동맹국이라는 설이 있지만 아직까지 그 자세한 사정을 잘 모르겠다. 네가 다시 김씨를 만나거든 자세한 사적을 적어 달라 하여 그것을 보내다오'라고 부탁하셨습니다. 형님께서는 그 자세한 내용을 글로 써 주셨으면 합니다."

"알았다. 그렇게 하겠다. 자네의 부모라면 나의 부모와 다를 바 없지. 부모님께 드릴 안부 글도 따로 쓸 것이다. 아우는 다시 고향에 돌아가면 부모님께 아직 찾아뵙지 못한 나의 죄송한 마음을 전해 주기 바란다. 그 일본의 『국사략』이란 책도 자세히 본 연후에 허실虛實을 자세히 적어 나의 작은 성의를 표시할까 한다."

다케후지가 전에 추풍에서 구한 한글로 된 역사책을 보여주면서 세와키의 부탁이라며 지명을 물었다. 김인승이 대답했다.

"조선은 8도이고 열현列縣은 3백여 군으로 되어 있다. 우형愚兄이 지도를 보지 않고 말했으면 더 신용했을 텐데 이 지도를 보고 말을 하니 멋쩍군. 내일 다시 자세한 이야기 나누도록 하자."

다케후지가 또 추풍에서 어느 여인에게서 구한 일본과 조선과의 전기戰記에 대하여 한글로 씌어진 책을 꺼내 김인승에게 물어 보았다. 역시 세와키의 부탁이라고 했다.

"여인들의 책은 믿을 수 없다. 우리나라의 법은 여인에게는 글을 가르치지 않는단다. 다만 성현들의 명언을 가르쳐 고금을 통하게 해줄 따름이지. 이런 류의 책을 너는 너무 믿지 말아라. 이 책은 우리나라 여인들의 책이며, 또한 언문으로 씌어진 것이다. 동생은 이 점을 양지하기 바란다."

김인승은 『국사략』을 다시 보면서 말했다.

"나와 그대는 벌써 형제의 약속을 하였은즉 설사 불편한 일이 있다 해도 어찌 거짓으로 말할 수야 있겠느냐. 하물며 고사古事이며 국사國事인 바에야 어찌 그것으로 개인적인 형제의 의에 금이 가게 할 수 있을까? 날은 많으니 동생의 말대로 자세히 읽어 보겠다."

『국사략』! 이 책은 어떤 책인가. 이와가키 마쓰나에岩垣松苗란 자가 편찬한 것인데, 그들이 말하는 소위 신대에서 시작하여 천정天正 16년1588 후양성 텐노後陽成天皇에서 마감되는 책이다. 당시까지 일본에는 『국사략』이 가장 정리된 일본 통사였다. 일본판 중화 사상의 원조인 황국사관의 대표 역사서로 마음껏 자기들에게 유리하게 써 놓은 위서僞書이다. 또한 다니 칸토쿠谷寬得가 편찬한 『속국사략』5권, '후편' 5권, '삼편' 3권이 포함되어 모두 13권이란 것이 있어 이를 보충해 주고 있으나 국사략과 사관은 대동소이했다. 『국사략』 이외에도 『사료』니 『대일본사』 같은 것이 있으나 분량이 방대하여 일반인이 보기에는 불편했다. 그러다 보니 『국사략』과 『속국사략』이 그들에겐 유일한 국사 교과서였다고 해도 과언이 아니었다.

다케후지는 세와키가 보낸 일본주와 양주를 꺼내 김인승에게 권했다. 김인승이 이를 받아 마시고는 일어서면서 말했다.

"병째로 가져가서 나와 같이 온 사람에게도 맛을 보게 했으면 한다. 그러면 동생도 자랑이 되고 내 체면에도 괜찮을 것 같다. 그렇게 하고 돌려줘도 되겠지?"

"물론이지요. 병째로 가지고 가셔서 다시 돌려주지 않아도 좋습니다."

그날은 일단 그런 정도 상면을 하고 김인승은 같이 온 조선인이 머무는 여관으로 되돌아갔다.

2

다케후지로부터 김인승에 대한 보고를 받은 세와키는 긴장과 흥분을 감추지 못했다. 김인승과 관련된 많은 계획과 공상을 했고 그 때문에 신열이 났다. 일본에서 가져온 몸살감기 약을 복용하여도 좀처럼 열이 내리지 않았다. 김인승을 맞을 만반의 준비를 했다. 다케후지에게는 술과 안주 일체를 준비하라 이르고 문방사우도 쓰기 좋게 안배하여 놓았다. 아침 8시에 다케후지를 김인승이 머무르는 여관으로 보내 정중히 모셔 오라 하였다. 세와키는 외무성을 떠나기 전 외무경 데라지마 무네노리寺島宗則와 마지막으로 나누던 대화를 떠올렸다.

"이번에 군君이 연해주에 파견되는 목적이 무엇이라 생각하오?"

"블라디보스토크에 황국의 무역 사무소를 설치하는 건이라고 생각합니다."

"틀렸소. 그보다 몇 배 더 중요한 임무가 있소. 출장 명령서를 읽어 보지 못했소?"

"읽어 보았습니다."

"자세히 읽어 보고 깊은 뜻을 파악해야지. 그래 가지고 황국의 출사가 될 자격이 있다고 생각하오? 거기를 보면 분명히 두 가지 임무가 있소. 하나는 무역 사무소 설치 건이오. 또 하나는 대 조선 사무 건이오. 무역 사무소야 설치하지 않아도 별 지장은 없소. 그런 장치가 없어도 이제부터는 러시아와 상무가 계속되어질 것이기 때문이오. 그러나 조선 문제는 시급하고도 큰 문제요. 국제적으로도 큰 반향을 일으킬 민감한 문제요."

"알겠습니다. 백배돈수 명심하겠습니다."

"거기 보면 군으로서는 임무를 수행하기에 벅찬 것도 있소. 조선인을 고용하여 향도를 받으라는 말도 있고, 조선 경내로 잠입하여 정탐하라는 내용도 있소. 그것은 내가 직접 쓴 것이오. 반드시 시행할 것이로되 단 현지 사정이 어떨지는 잘 모르겠소. 재량권을 줄 테니 임무에 차질이 없게 하시오. 황국은 조선에 대하여 중대한 결심을 할 때가 왔다는 것만 미리 일러주겠소. 더 구체적인 것은 질문할 필요 없소. 블라디보스토크에서 돌아오면 출장 명령서에 적힌 내용을 외사우국外事右局에서 일일이 재확인해서 나에게 올릴 것이오."

아침 8시 반이되자 다케후지가 손님을 모셔 왔노라고 알려 왔다. 세와키는 긴장하며 맞이하러 나가 허리를 깊이 숙여 인사하였다. 김인승도 덩달아 허리를 더 깊이 숙여 절을 했다. 김인승은 경원댁이 마련해 준 깨끗한 한복에 두루마기, 대님까지 이쁘게 잡아 맨 양반 차림이다. 세와키는 짙은 감색의 양복을 입고 넥타이까지 한 위엄 있어 보이는 서양 신사 차림이었다. 김인승은 처음 대하는 일본 관료의 모습에 압도됨을 느꼈다.

"안녕하십니까."

"이랏샤이마세."

김인승은 일본의 관료를 만난다는 사실에 적잖은 긴장감을 느꼈다. 일본에선 스님조차 지팡이에 칼을 숨기고 다닌다는 말을 추풍에서 들었던 것도 같았다. 그러나 다케후지를 신뢰해 온 만큼 일본인 관료에 대한 기대감 역시 지니고 있었다.

세와키는 자기의 한학 실력을 보고 웃을 것을 알면서도 일단 먼저 필담을 시작했다.

"제가 직접 당신과 같은 훌륭한 분을 만나 뵙게 되니 얼마나 기쁜지 모르겠습니다. 다케후지로부터 말을 들은 바 있습니다. 지금까지 당신과 다케후지와는 황공스럽게도 교분을 두터이 하고 있다고요? 다케후지는 나와 같은 나라 사람으로, 다케후지와 결친結親의 의를 맺었다는 것은 벌써 나와 결친의 의를 맺음과 진배없습니다. 대단히 감사합니다. 저는 학식이 짧아서 어떻게 답해야 할 줄 모르겠습니다. 많은 가르침 있기를 바랍니다. 僕始接君謦咳, 何喜加焉, 聞武藤定直之言, 日日來辱君交誼, 武藤是僕同國之人, 旣武藤之結親, 無異於與僕相親矣, 多謝多謝, 僕淺學短才, 不知所以答, 幸垂高論."

김인승은 붓을 들어 다음과 같이 써서 답한다.

"이방異邦의 천한 서생이 우연히 존귀한 분을 뵙게 되니 마치 선안仙顔을 뵙는 듯합니다. 저는 재능도 학식도 부족하여 스스로 항상 탄식하고 있습니다. 현제賢弟. 다케후지와 저는 친형제와 다름없으니, 바라건대 대인大人께서도 허물없이 대해 주시기 바랍니다. 他邦賤生, 偶待尊顔, 如待仙顔然, 才劣識淺, 自庸伏嘆, 而賢弟定直無異親兄親弟, 願大人思量無間焉."

"전에 나가사키를 출발할 때 우리 일본에서 빚은 술을 가져 왔습니다. 지금 함께 대작對酌하며 허심탄회한 대화를 나누고 싶은데 당신의 의견은 어떻습니까?"

"대인께서 하자는 바를 어찌 따르지 않을 수 있겠습니까."

이때부터 두서너 잔을 주거니받거니 하였다. 다케후지도 만족스러운지 만면에 웃음을 띠고 김인승을 보며 말했다.

"형님, 세와키 어르신이 어떻습니까?"

"참으로 훌륭하신 어르신이다. 나는 이렇게 높으신 분을 처음 대해 본다. 내가 큰아버님처럼 대하며 평생 모시고 싶구나."

이렇게 말하는 사이 세와키는 시를 한 수 지어 내밀었다.

해삼위 부두에서 그대를 만나
그대와 담소하다 친해지고 말았네.
스스럼없는 첫 대면이 옛 친구 같으니
나를 알아주는 벗 그대가 아닌가

海蔘崴頭始遇君 與君談笑轉親君
勿訝傾蓋能如舊 今日知音唯有君.

"이 시는 전에 당신이 다케후지를 위하여 송별시로 쓴 것을 보고 운韻은 그대로 따고 평측平仄만 배열한 것입니다. 청컨대 가르침을 바랍니다."

김인승이 시를 보고 여러 번 칭찬을 아끼지 않았다. 세와키가 일부러 흥을 돋우는 데는 이유가 있었다. 비록 김인승이 마음속으로는 가소로울지라도, 김인승의 관심을 끌어 기어코 자기 사람으로 만들고 싶었던 것이다. 그런데 웬일인가, 오히려 김인승 쪽에서 더 친해지기를 원하고 있지 않은가. 이는 분명 가미사마神樣의 보살핌이 있는 연고라고 생각했다.

"전에 보니 당신이 다케후지를 송별할 때 쓴 시 중에 '군君' 한 자를 가지고 운韻을 단 시가 있었습니다. 그래서 나도 그 것을 모방하여 지은 것입니다. 하지만 한 자를 가지고 전편의 압운을 다는 예가 있는지 없는지, 나는 시학을 잘 모릅니다. 잘 부탁합니다."

세와키는 다시 전에 다케후지에게 들었던 말을 이어 물어보았다.

"귀국貴國의 왕통이 시황제의 자손이란 것은 아마 제동야인지어齊東野人之語인 것 같습니다. 고사古史에 의하면 조선인이 일본을 오기 시작한 것만도 시황제 이전부터이지요."

"물론 그렇지요."

이번에는 다케후지가 붓을 들었다. 두 사람이 필담으로 대담을 했기 때문에 두 사람을 위하여 자기도 통역을 하지 않고 붓을 들어 본 것이다.

"그러면 귀국貴國의 왕통은 누구의 후예입니까. 내가 언젠가 들으니 조선의 왕은 바로 시황의 자손이라 하던데요.然則貴國之王統, 係誰後裔也, 吾他日聞, 朝鮮王卽秦始皇之子孫."

"너는 허망된 말을 들었다. 사실을 말하자면 조선의 왕은 본래 박달나무 아래서 태어났단다. 그래서 왕호를 단군檀君

이라고 하며, 단군은 바로 요 임금과 같은 시기에 사신 분이지. 고로 조선은 실로 장구한 역사를 가진 나라이지. 진시황 영 씨嬴氏 때는 실제 실권을 여씨呂氏가 잡고 있었고 그나마도 2대에서 망했을 뿐이다. 일본과 조선은 예의지국으로 진시황의 후예일 수 없지."

세와키가 바쁘게 붓을 놀렸다.

"조선과 일본의 고사故事에 대하여 듣고 싶습니다. 족하足下께서 가르쳐 주시기 바랍니다."

"실정을 지금 다 말해 버리면 다음에 대인께 드릴 말씀이 없지 않겠습니까. 천천히 말씀드리겠습니다."

"조선과 일본은 고래로 동호동문同好同文의 나라였으니 서로 친하게 지나지 않으면 안 됩니다. 만약 외국이 우리 중 누구를 넘겨다본다면 우리는 상부상조하지 않으면 안 됩니다. 이것은 구맹국舊盟國의 의義이지요."

"일본과 조선은 이미 상맹상통相盟相通의 나라이니, 완급을 가리지 않고 서로 도와야지요. 대인의 말씀은 참으로 관후하십니다. 다른 나라의 글은 벌써 유도儒道가 아니니 서로 말할 수 없습니다. 그런데 일본의 글은 우리와 같으니 무슨 못할 말이 있겠습니까?"

"내가 보기에 족하足下는 군자이십니다. 어쩌다 국외에서 살게 되셨는지 모르겠습니다."

"참으로 과분한 호칭을 쓰십니다. 바라건대 백부伯父께서는 이러지 마십시오. 상화상친相和相親인데 어찌 상구지도相救之道가 없겠습니까. 저는 원래 가문 있는 집안에서 태어났는데 나라를 떠났으니 임금과 나라에 죄를 지었습니다. 열 번 죽어도 싸지요. 그러나 지금까지 살아온 보람으로 대인과 같은 사람을 만나게 됐으니 저로서는 생불生佛을 만난 격이군요."

"옛날 도요토미 히데요시 대합께서 조선을 정벌할 때 주계두主計頭, 民部省의 장 가토 기요마사加藤清正를 선봉장으로 내세웠지요. 그때의 사적이 지금도 귀국에 남아 있습니까?"

"가토 기요마사가 조선에 넘어와서 조선의 병조兵曹, 호조戶曹, 서사書史를 10년간이나 공부하고 지방 인구의 다과까지 조사한 연후에 병을 일으켰다고 들었습니다. 소질小侄이야 사서史書를 읽어서 알 뿐 직접 목격한 일이 없으니 어찌 더 자세한 것이야 알겠습니까."

"내가 전에 듣건대 조선에는 일종의 국자國字가 있다던데 저에게 가르쳐 줄 수 있습니까? 수업료는 내겠습니다."

"수업료 운운은 무정한 말씀입니다. 하여튼 내일부터 여기를 꼭 와서 그 대강을 설명해 드리겠습니다."

여기까지 말한 김인승은 유심히 세와키를 보더니 말했다.

"대인의 용모를 대하면 모든 사람이 흠모할 상입니다. 제가 기거하는 곳도 한번 왕림해 주시면 대단히 영광이겠습니다."

"나는 지금 몸이 불편하니 다음에 군의 거처를 꼭 한 번 가도록 하지."

김인승이 세와키더러 백부라고 부르자, 세와키는 김인승을 군이라고 낮춰 부르기 시작했다. 세와키는 모든 것이 잘 되어간다고 내심 미소를 지으며, 이것은 선물로 주는 것이라고 술을 한 병 내밀었다. 김인승이 말했다.

"나 혼자 술을 마시는 것은 비단옷 입고 밤길 걷기입니다. 주신 술을 가지고 가서 마을 사람들과 같이 마시면 천질賤侄의 광채가 날 것 같은데 어떻습니까."

"물론 술병 채 가지고 가도 좋습니다."

세와키는 다케후지에게 말했다.

"조선의 부인에게서 빌렸다는 조선 가나로 씌어진 『정한기征韓記, 임진왜란기』를 김군에게 부탁하여 한자와 조선 가나를 섞어서 베껴 달라고 부탁하면 어떤가?"

"조선 가나는 빼고 차라리 한자로 번역하여 달라고 하는 편이 낫지 않습니까?"

"그러면 더 좋지. 그렇게 하세."

이번에는 김인승을 보며 말하였다.

"한 가지 부탁이 있습니다. 한글로 쓰인 『임진왜란기』라는 책을 모두 한자로 번역해 주실 수 있습니까?"

"백부께서 원하신다면 해드려야지요."

세와키가 김인승의 안색을 보니 달갑지 않은 것 같았다. 하지만 중요한 보고 거리가 될 것 같아 부탁을 거두지 않았다. 세와키가 김인승의 기질을 관찰하건대 중국풍의 독서인 타입으로 다만 유도儒道를 알 뿐 타국의 도는 알지 못하는 것 같았다. 그러나 무척 감각이 빠르고 대처 능력이 출중하다는 것은 분명했다. 한편으론 아직 안목을 갖추지 않은 김인승이 참으로 우스웠다. 세와키는 그런 김인승을 보고 가엾은 조선인의 기질을 유추해 볼 수 있었다.

김인승을 두드리는 타진추

1

다음 날 오전, 코펠의 집을 들른 김인승은 어제 세와키가 부탁한 한글판『임진왜란기』한 장을 번역해 왔다.

"제가 시험 삼아 번역해 보았는데 이런 식으로 해도 되겠습니까?"

"아주 잘했습니다. 그런 식으로 다음도 부탁합니다. 너무 수고를 많이 끼쳐 드려 죄송합니다. 감사, 감사합니다."

"잠깐 수고한 것을 가지고 어찌 감사를 두 번이나 반복하십니까. 오히려 제가 황송합니다."

"이 조선 지도를 보고 옛날 조선, 고려, 백제, 임나任那라고 칭한 곳과 조선의 비조鼻祖가 살았던 곳을 손가락으로 짚어 보시기 바랍니다."

"다른 것은 모두 알겠는데 임나가 무엇인지 모르겠습니

다. 임나가 무엇입니까?"

세와키가 가지고 있는 조선 지도를 보고 짚어 보라고 한 것 중에 김인승은 들어보지 못한 임나를 말하라 하니 모른다고 할 수밖에 도리가 없었다.

임나란 말은 『일본서기』 스진 텐노崇神天皇, 10代 65년 추 7월 조에 처음 기사가 보인다. 마치 우리의 가야를 말한 것 같으나, 알고 보면 우리가 대마도를 처음으로 점령하고 임나라고 했던 것을 일본은 반대로 마치 자기들이 한반도 내에 임나라는 식민지를 세운 것처럼 역사 날조를 한 것이다.

세와키는 일전에 배 위에서 조선인 인부가 조선인들은 모두 임나를 모른다고 했던 기억이 떠올랐다. 말끝을 흐리고 화제를 바꾸었다.

"귀국의 인구는 얼마나 되는가?"

"조선은 8도로 되어 있고 열현列縣은 361군郡이요, 인구는 아직 상세히 모르겠습니다."

세와키는 성의를 가지고 『임진왜란기』를 써 온 수고에 보답하려고 맥주 한 박스를 뜯어 함께 한 잔씩을 마셨다. 김인승은 생전 처음 마셔 보는 맥주맛에 감탄했다. 세상에는 이런 술도 있었단 말인가. 마치 이들이 다른 세상을 달리고 있는 것처럼 생각되었다.

다음 날 오전 10시쯤 김인승은 다시 세와키의 숙소를 찾았다. 마침 다케후지가 외출 중이어서 필담을 나눠야 했다.

"다케후지는 지금 부재 중인데요."

"몸은 좀 어떻습니까? 많이 걱정이 됩니다."

"오늘만 지나면 괜찮을 것입니다. 너무 심려 마십시오."

"풍토가 맞지 않을 테니 부디 건강을 먼저 살피시기 바랍니다."

한참 이야기하고 있는 사이에 다케후지가 돌아왔다. 세와키는 한글판 임진왜란기를 펼쳐 한글의 용법을 묻고 김인승의 의중을 살폈다.

"조선 문자와 일본 문자는 용법이 거의 비슷하군요. 그래서 예부터 동문동맹同文同盟의 나라라 했군요."

"나로서는 다른 나라에 대해서는 별 할 말이 없습니다만 귀국과 우리나라는 의관이며 문물이 찬연합니다. 이것은 우질愚侄의 생각만이 아닙니다. 이렇게 가깝고 친한 나라의 어른을 천리 타국에서 만나 이렇게 친히 지낼 수 있다는 것은 천운이라고 밖에 할 수 없습니다. 백부께서는 한 말의 물로 학철부어涸轍浮魚할 수 있을 것입니다. 제가 나라를 등지고 떠나온 것이 어찌 본심이었겠습니까. 역시 하늘의 일이었으니 인력으로는 어쩔 수 없는 일이었습니다."

"그대의 말은 일리가 있습니다. 이 후로 서로 진심을 얘기합시다."

"대인의 가르치심은 실로 저의 막힌 가슴을 뚫어 줍니다. 어떻게 감사해야 할 바를 모르겠습니다."

"어제 족하께서는 조선의 국운이 위태하다 했는데 그것은 무슨 연고 입니까? 고래로 조선과 일본은 동호동맹의 나라이니 만약 어떤 사변이 있다면 어찌 방관만 하고 있을 수 있겠습니까?"

"지금 조선은 걸주桀紂의 시대와 다를 바 없습니다. 백성들은 노인을 부축하고 어린이를 안고 '칠수, 저수를 건너고 양산을 넘는渡漆沮踰梁山' 세상이 되었습니다. 지금 조선의 형세를 보건데 하늘은 국운을 주지 않고 땅은 먹을 것을 주지 않아 도처에 추위와 기근인데 어찌 염치를 돌보겠습니까? 그래서 부모, 처자와 조상까지 버리고 이곳까지 오게 되었습니다. 귀국과 우리나라는 결의지국인데 양국 중에 가령 한 나라가 실패한다 해도 어찌 향화지의香火之義가 없겠습니까. 천질이 타국에 나와 비천한 몸이 되어 탄식도 나오지 않던 차에 백부를 만나는 행운을 얻게 되었습니다. 옛 사람이 생불이 있다 하더니 그것이 사실이고 거짓이 아니군요. 저를 불쌍히 보시고 버리지 마시기 천만 번 부탁합니다."

세와키는 속으로 빙그레 웃으면서 시치미를 떼고 전혀 다른 말을 꺼냈다.

“죽도는 조선에서 몇 리나 떨어졌고 일본과는 얼마나 떨어졌습니까?”

“죽도가 무엇인지 모르겠습니다. 아, 조선의 울릉도를 말하군요. 강원도 삼척부 소속이며 섬의 주위는 천 리나 된다고 합니다. 땅은 비옥하고 산물이 많은 데도 나라에서는 금도禁島로 삼고 있기 때문에 사람은 공식적으로는 살고 있지 않는 것으로 되어 있지요. 혹 가서 살고 싶어도 삼척 영장이나 월송 만호의 춘추적간春秋摘奸때 적발될까 봐 좀처럼 가지 못하지요. 그러니 물론 몇 리인 줄도 알 수가 없군요.”

“귀국과 블라디보스토크는 어느 쪽이 더 춥습니까?”

“호풍천리경胡風千里驚이란 참으로 이곳을 두고 하는 말입니다. 이곳의 추위는 조선과 비교할 바가 아니지요. 그러나 귀국과 우리나라는 부상扶桑 변에서 교린을 맺고 있으니 얼마나 행복합니까.”

김인승은 돌아가겠다며 마지막 말을 남겼다.

“천질賤姪이 나라를 등진 이 마음을 호소할 곳이 없던 차 대인을 대하니 얼마나 마음의 위로가 되는지 모르겠습니다. 이제 저는 죽어도 여한이 없습니다.”

김인승은 처음으로 외국의 고위 관리를 직접 대하고 진심으로 존경과 경외심을 표하고 있었다. 김인승이 돌아가자 세와키는 즉시 벽장문을 열었다. 벽장 안에 작은 신붕神棚을 모셔 두고 날마다 무사안일과 소원 성취를 가미사마에게 빌던 터였다. 문득 데라지마 외무경의 위압적인 눈초리를 떠올랐다. 돌아가서 보고할 말을 머릿속에 정리해 보았다. 출장 명령서의 조항을 지키지 못했다는 면박을 상쇄할 만한 결과가 필요했다. 김인승을 데리고 외무성으로 걸어 들어가는 일이라면 그만한 가치가 있을 것 같았다. 일이 꼭 차질 없이 이루어지기를 합장 소리를 내며 머리 숙여 빌었다.

다음 날 오전 11시경, 김인승은 여관의 심부름꾼을 시켜서 종이로 포장된 꾸러미와 서한을 세와키에게 보냈다. 세와키가 열어 보니 블라디보스토크 특산품인 커다란 게와 편지가 들어 있었다.

어제는 송구스럽게 많은 가르침을 받았습니다. 불편하신 몸은 차도가 있으신지 모르겠습니다. 노환에 주의하시기 바라며 지금이라도 당장 찾아가 뵙고 싶은 마음 간절합니다. 대인께서 풍토가 맞지 않으신 모양이니 편안한 마음으로 옥체를 보전하시기 바랍니다. 삼가 작은 물건을 보내오니 소납해 주시기 바랍니다.

세와키는 다음과 같은 글을 써서 심부름꾼에게 주어 돌려 보냈다.

삼가 보내 주신 진미를 받고 후한 정의情誼에 감격하였습니다. 오늘 저는 증기 목욕탕에 갈 작정인데, 돌아오는 길에 그대의 숙소를 들러 직접 보고 감사의 말씀을 드리겠습니다.

마침 정기적으로 증기 목욕을 하는 날이어서 세와키는 다케후지와 함께 목욕실을 찾았다. 그런데 어찌된 영문인지 문이 잠기고 사람이 없었다. 다케후지가 부근 사람에게 물어보니 오늘은 러시아 국경일이므로 목욕탕도 쉰다고 일러 준다. 둘은 발길을 돌려 김인승을 방문하기로 했다. 싸구려 여관의 돼지우리만 한 방에 김인승이 숙취하여 자고 있는 모습이 보였다. 둘은 깨우지 않고 나와 해변의 만주인 상점을 둘러보고 돌아갔다. 취기가 가시지 않은 김인승은 오후 4시가 되어서야 세와키와 다케후지가 들렀다는 말을 듣고 그들의 거처를 방문하였다. 김인승이 먼저 다케후지에게 말했다.

"옛말에 '잠시 눈썹을 붙였을 따름인데 어찌 병이라 하리오病雖落眉, 豈有疾病哉'란 말도 있듯이, 내가 실은 숙취하여 잠이 들었다. 형제지간에 뭐 숨길 수 있겠느냐?"

그리곤 세와키와는 필담을 나누었다.

"내가 시간을 보내기 위해서 술을 좀 마셨으니 대인께서 내일 아침에 저를 불러 물으신다면 모두 다 대답해 드리리다."

"족하와 내가 말이 통한다면 참으로 좋은 대화 상대자일 텐데 말이 통하지 않음이 유감입니다."

"제가 우연히 타국에 와서 울적한 심사를 풀길이 없던 차에 다행히 대인을 만나 속마음을 조금이라도 털어놓으니 죽어도 여한이 없습니다."

"안주도 없는데 석 잔이나 들어 주시니 감사합니다. 여행 중이라 갖춘 것이 없으니 용서 바랍니다."

"백부께서는 이 천질을 너무나 사랑하십니다. 애련한 가르치심 죽을 때까지 보답하지 못하겠습니다."

이렇게 필담하는 사이에 날이 어두워지기 시작하여, 세와키는 양복을 벗고 기모노로 갈아입고 말하였다.

"우리 옷을 입으면 몸이 아주 편해집니다."

"저는 일본과 의를 맺은 사람입니다. 양국의 일이라면 무엇이나 상관없습니다. 대인께서는 괘념치 마시기 바랍니다."

"이곳 한인 마을에 그대 이외 지식인이 얼마나 있습니까?"

"지식인이라면 추풍보다는 지신허地信墟의 한인촌에 더 많이 있습니다. 특히 지신허에 저처럼 훈장을 하고 있는 유병모兪炳模라는 사람이 있는데 아주 도량이 크고 넓은 지식을 가지고 있어서 저와도 몇 번 술자리를 같이 한 적이 있습니다."

이때 다케후지가 자신이 들었던 풍문을 두 사람에게 전했다.

"작년에 이곳에 온 박씨라는 조선인이 저번 달에 몰래 조선으로 돌아갔다가 4~5일 전에 다시 이곳에 돌아왔답니다. 그의 말에 의하면 작년은 자기 고을만 해도 망명 인원이 2백여 명이었으나 올해는 5월까지만 해도 벌써 1백여 명이 되며, 12월까지라면 3백 명은 더 보태질 것이라고 합니다."

이야기가 무르익자 김인승은 크게 술에 취하여 문자 그대로 취각반산醉脚蹣跚이되어 다케후지가 부축해 여관으로 돌아갔다.

2

모로오카가 나홋카 지방을 순찰하고 돌아왔다. 귀국 후 외무성에 보고할 것을 고민하던 세와키가 러시아 해군이 나홋카만에 간다는 소식을 듣고서 진대 아후나세프에게 모로오카의 동승을 부탁했던 것이다. 모로오카는 러시아 함대 에리마크호에 승선하여 일주일간 여기저기를 둘러보았다.

"여기 제가 보고 느낀 모든 것을 날짜 별로 적어 보고서를 작성했습니다. 나홋카만은 현재 아주 초라한 항구로 변했습니다. 처음에 진대부鎭台府를 나홋카로 정할까 하고 건축을 위한 모든 철판, 철구 등을 그곳으로 옮겼으나 결국 블라디보스토크로 결정 나자 그곳은 집들도 빈집이 많고, 하던 공사들도 중지되어 개항을 위한 철재 등을 모두 블라디보스토크로 다시 옮기고 있습니다."

"그곳 조선인 동태나 이들의 대조선 정책 같은 것을 탐문한 것은 없는가?"

"가는 곳마다 조선인은 꼭 살고 있었습니다. 마치 연해주의 토착민은 조선인인 듯한 인상을 받았습니다. 실은 만주도 옛날 조선의 땅이었답니다. 그들은 그 넓은 자기 땅을 중국에 다 빼앗기고도 분개하지도 않고 되찾으려고 나선 사람도 없답니다. 이번에 하나 인상 깊었던 것은 수청水青 지방의 조선인 마을이었습니다. 우라지밀, 알렉산돌스카야 두 마을은 수청水青 강안江岸에 있습니다. 이 근방은 모두 넓은 평원이고 땅은 기름지고 풍요롭고 블라디보스토크보다 3~4도는 더 따뜻합니다. 이 두 마을의 러시아인 가옥은 20~30

채 정도밖에 안되고, 만주인의 가옥은 여러 곳에 산재하여 3백여 채는 된 듯했습니다. 조선인 가옥은 1백여 채 정도 되는데 이들은 꼭 한 곳에 모여 삽니다. 이들 조선인은 옛날부터 살고 있는 사람들이고 최근 이사 온 것이 아니라고 합니다. 이곳에서 옛날부터 살고 있는 조선인을 그들은 '따지'라 칭하는데 이 말은 그들의 천자문 첫 구절 '하늘천天 따지地'에서 따온 말이라고 합니다. 최근 이사 온 자는 '까오리'라고 하는데 중국어로 고려를 그렇게 발음하기 때문이랍니다. 그곳은 해안과는 아주 멀리 떨어져 있기 때문에 백성들은 모두 농업을 주업으로 하고 있는데, 그중 만주인은 부자가 있지만 조선인, 러시아인은 모두 가난했습니다. 즉 조선인, 러시아인은 모두 만주인에게 권리를 빼앗기고 있는 격이었습니다. 러시아의 조선에 대한 관심은 부동항 정도입니다. 이들은 나홋카, 블라디보스토크만 해도 러시아에서 가장 따뜻한 지역인데도 불구하고 겨울에는 꽁꽁 얼어붙지 않습니까? 그러나 조선은 모든 항구가 부동항입니다. 배 안에 마침 러시아 천문학자 슈빙이란 사람이 같이 타고 있었습니다. 그와 많은 얘기를 나누었습니다. 그는 황국의 협조를 얻어 블라디보스토크를 번창시키는 것이 아주 중요하다고 말하면서 그래야 만주까지 그들의 세력을 뻗칠 것이며 결국 조선까지 손을 뻗칠 수 있을 것이라고 했습니다. 제 생각으로는 만주에 대해서는 황국과 러시아가 한 번은 자웅을 겨룰 날이 올 것 같고 조선에 대해서는 이들은 아직은 국력을 쏟을 만큼의 관심은 없는 것 같았습니다."

이때 김인승이 찾아왔다. 세와키는 모로오카와의 대화를 잠시 미루고 김인승을 맞이했다. 이제는 김인승과 본론을 이야기해야 할 때가 되었다고 생각했다.

"내가 돌아가야 할 시기가 다가오고 있습니다. 족하께서 저와 함께 일본에 가서 구경이나 하시면 어떻습니까?"

김인승은 그 말을 듣고 귀를 의심하듯 잠깐 생각에 잠겼다.

"저를 데리고 일본을 가시겠다고요? 정말이십니까? 참으로 백골난망이로소이다."

김인승은 갑자기 일어나더니 세와키에게 다소곳이 큰절을 올렸다. 세와키도 큰절을 하는 척은 하였으나 거의 당연하다는 듯이 절을 받는 자세를 취했다.

"그런데 먼저 하나 꼭 묻고 싶은 것이 있습니다. 족하께서 연해주까지 오게 된 진정한 이유가 무엇이었습니까."

"제가 일본을 간다면 백부께서 시키는 일이라면 무엇이든 다 하겠습니다. 제가 연해주까지 흘러들어 오게 된 연유는 이렇습니다. 다케후지 동생에게 자세한 이야기를 하였기 때문에 아시리라 생각합니다만, 저는 경흥부의 호방이라는 서리를 하고 있었습니다. 6년 전에 조선의 북부 지방에 대기근과 홍수가 겹치므로 정부에서 긍휼미가 나왔는데 부사는 이것을 백성들에게 나누어 주지 않고 팔아서 사복을 채웠습니다. 이에 부민들이 진정을 하게 되었는데 제가 백성들 편을 든다는 이유로 갈등이 커져 더 이상 버틸 수가 없게 되었습니다. 그래서 난민들과 함께 월경 탈주하였습니다. 하지만 조선의 월경 금지법 때문에 돌아갈 길이 막막해졌습니다. 이대로 돌아간다면 조선법에 따라 참수를 면하기 어려울 것입니다. 다른 사람들도 이것이 두려워 돌아갈 수가 없습니다. 만약 조선에 꼭 돌아가고 싶은 사람이 있다면 몰래 돌아갔다가 몰래 돌아오든지 아니면 몰래 돌아가서 조선 내에서 다른 곳으로 이사하여 숨어 사는 길밖에 도리가 없습니다. 사정이 이렇다 보니 제가 귀국에 갈 수만 있다면 어찌 못할 일이 있겠습니까? 저로서는 이 이상 광영이 없습니다."

이때 옆에 있던 다케후지가 말했다.

"일본에 가시려면 여비가 필요할 텐데 조선의 신발과 버선, 갓, 기타 상품이 될 만한 것을 저희에게 주시면 저희가 그 가격을 쳐서 드리면 어떻습니까?"

"버선 정도야 여기서 새로 만들 수 있겠지만 갓이나 그 외 쓸 만한 것이야 여기서 만들 방도가 없지."

김인승은 심부름하는 아이를 시켜 신발 한 켤레를 가지고 오게 했다. 세와키는 그것을 보고 말했다.

"우리 일본의 신발과 닮은 데가 많습니다."

"어찌 신발뿐이겠습니까? 우리나라의 의관이며 문물, 복제 등이 귀국과 대동소이할 것입니다. 문무관직도 서로 본떴을 테니까요."

김인승은 이번에는 다케후지를 보고 말한다.

"내가 대인을 모시고 일본에 간다면 우리나라의 관건과 의복을 잘 차려입고 가겠다. 그러면 백부의 위신도 설 것이고 나의 명성도 날 테니까. 그러나 알다시피 나는 가난하니 너야 웃지 않겠지만 다른 사람을 어떻게 대처할까? 여기까지 말하니까 좀 창피스럽군."

김인승은 이렇게 말하고 다시 세와키를 향해 말했다.

"저를 저버리지 마시기 바랍니다. 참으로 감사하기 그지없습니다. 대인을 평생 모시겠습니다."

다시 다케후지를 향해 말했다.

"오래전부터 일본을 가고 싶었지만 아무런 계기가 없었는데 이번 현제와 동행하여 일본을 일견하고, 돌아오는 길에 물건도 좀 가져오면 이익도 되지 않겠느냐? 그리고 정말 하고 싶은 일은 너의 부모님을 뵙는 일이다. 너의 부모라면 나의 부모가 아니겠는가? 이는 실로 하늘이 나에게 베푼 기회이니 현제만 믿고 갔다 오겠다."

다음 날 점심때가 다 되어서 다케후지가 세와키에게 뛰어왔다. 방금 전 자기가 소속된 가사노 회사의 증기선이 도착했다는 것이다. 가사노 모라는 사람이 러시아 선박을 3천원에 빌려 운행한다는 쿠리엘호라고 했다. 세와키는 그들이 타고 온 러시아 선박은 언제쯤 나가사키에 돌아가느냐고 물었다. 늦어도 4~5일 이내에 출발할 것이라고 했다. 그렇다면 이 배로 귀국하기로 하고 모로오카와 함께 여장을 챙겼다. 김인승에게도 이런 사실을 알리라고 당부하였다.

세와키는 다음 날 오전 중에 지방관 휘리포비치의 공관을 찾았다. 그는 마침 외부에 출장 중이었기 때문에 공관지기하고만 면담하였다. 거기서 승선권을 받고 다시 진대대리 아후나세프의 공관으로 가서 면담하고 작별 인사를 했다.

출항을 위한 화물들을 챙기고 있는데 김인승이 들어왔다. 그는 동생 다케후지와 함께 일본에 가서, 먼저 일본의 번성함을 일견하고 다케후지의 부모님을 뵙고, 귀로에 일본 상품을 사서 돌아와 팔면 여비에 충당될 것이라고 일정과 계획을 말했다. 세와키는 자기의 계획 일체를 숨긴 채 순진한 김인승에게 마음껏 그 뜻이 이루어지기를 바란다고 격려해 주었다. 세와키는 김인승의 일본행 절차의 모든 것을 다케후지에게 맡기고 다음과 같이 말했다.

"다케후지. 자네는 내년에 이곳에 무역 사무소를 설치할 때 나와 같이 일을 해주어야겠네. 물론 내가 황국 외무성에 정식으로 추천할 것이네. 이제부터 나와 개인적인 관계라기보다 외무성의 직원으로 생각하고 일을 해주기 바라네. 먼저 김인승 건에 관해서 자네가 일체의 주선을 맡게. 여비나 있는지 알아보고 러시아 지방관으로부터 여행 허가서는 받았는지부터 알아보게."

"저를 외무성에 추천해 주신다니 정말 감사합니다. 시키는 일은 무엇이나 차질 없이 하겠습니다. 김인승 형님 건은 제가 다 맡아서 하겠습니다. 형님은 진심으로 황국에 가고 싶어서 어제저녁부터 바짝 서두르고 있습니다."

다케후지는 외무성 관원이 될 수 있다는 말에 하늘을 날 듯이 기뻤다. 내심 얼마나 바라고 있었던 일이던가. 무엇이나 세와키가 시키는 일은 다하겠다는 각오를 했다. 다케후지는 따로 김인승에게 물었다.

"형님, 황국에 가실 여비나 있으십니까?"

"충분하지는 않지만 저축한 돈이 조금 있기는 있다."

"여행 허가증은 받으셨습니까?"

"허가증은 없지만 그런 것이 왜 필요하단 말이냐?"

"해외 여행을 하시는 보편적인 법도 모르고 계시면 어떻게 하십니까? 무릇 여행을 할 사람은 누구나 허가증이 없으면 무적의 신분이 됩니다. 더구나 형님은 러시아 국적을 가지고 있는 사람이기 때문에 러시아 관리로부터 면허증을 얻지 못하면 한 발자국도 국외로 갈 수 없습니다."

"그런 법이 있단 말인가? 모든 걸 너만 믿으니 모든 수속을 다 맡아서 해주기 바란다."

"알았습니다. 제가 일체의 수속을 대신하겠습니다."

김인승은 수속을 다케후지에게 맡기고 여관으로 돌아왔다. 좁은 여관에는 벌써 흰옷 입은 조선인으로 가득했다. 맨 앞에 서서 맞이하는 사람은 근심의 빛이 역력한 경원댁과 이쁜이였다. 그 뒤로 차상환과 다케후지의 나무꾼 친구, 그리고 두만강을 같이 건넜던 경흥부 원민의 필두 황만수, 김인승의 조카 김학우, 그리고 여러 명의 추풍 농민이 배웅 나왔다.

"선생님, 정말 일본을 가시는 겁니까?"

"경원댁, 뭐하러 여기까지 나왔습니까? 염려하지 마세요.

아주 가는 것도 아니고 잠깐 구경 갔다 올 참인데 뭐 그리 슬퍼하십니까. 어서 눈물을 닦으세요. 남들이 보고 웃겠습니다."

"선생님은 일본인을 너무 믿는 것 같아서 걱정이에요. 일본인이 모두 다케후지 동생 같은 줄 아세요? 일본인은 믿지 말라는 사람이 많아요. 선생님이 안 오시면 저는 이쁜이하고 어떻게 산데요?"

경원댁은 체면 불구하고 이제는 아주 엉엉 울어 버렸다. 이쁜이는 엄마의 손을 꼭 잡고 김인승을 쳐다볼 뿐이었다. 곁에 있는 조선인은 모두가 숙연해졌다. 황만수가 오늘따라 말과 같이 늠름한 자세로 서서 말했다.

"일본인들이 그렇게 만만한 사람들이 아니네. 자네만 좋으라고 하는 일이 결코 아닐걸세. 그들은 어디에 자네를 이용할까를 먼저 생각할 것이네. 한 가지 분명한 사실은 자네를 조선에 유리한 곳에 쓰지 않을 것이라는 것이네. 우리는 조선에서 너무나 캄캄한 암흑 속에서만 살아왔어. 이곳에 와서 자네도 느꼈겠지만 지금 세계는 우리가 알지 못하는 세상으로 급변하고 있지 않은가?"

김학우가 벼르고 있었다는 듯이 말을 쏟아냈다.

"작은아버지! 저는 지금까지 이곳에서 러시아와 일본의

관계며 구라파 제국들의 동태를 눈여겨보았습니다. 그들은 동양의 사고와는 완전히 다른 사고를 하고 있습니다. 지금 일본은 우리가 생각하는 동양이 아닙니다. 그들은 중국도 능멸할 수 있는 힘을 보유하고 있습니다. 지금 조선은 고립무원입니다. 우리가 태산처럼 믿어 왔던 중국이 서구의 멸시의 대상이 되고 있으니 만약 일본이 또다시 임진왜란 같은 일을 저지른다면 아무도 우리를 도와줄 나라가 없습니다. 지금 일본 안에서는 소위 정한론이란 것이 가마솥에 끓는 물 같이 요동치고 있답니다. 내 생각으로는 일본이 반드시 무슨 일을 꾸미고 있을 것 같습니다."

"조심하세요."

"조심하세요."

모두들 한 마디씩 거들었다.

"어허! 무슨 걱정들이 그렇게 많습니까. 내가 떳떳한 바에야 무엇이 걱정이란 말이요. 일본은 우리와 동족입니다. 나는 그저 일본의 발전상을 일견하고 다케후지 동생의 부모님을 뵙고 오는 것이 목적이에요. 그리고 돌아올 때 물건이나 좀 사 가지고 오면 여비가 떨어질 것이라는 생각밖에는 없어요. 모두들 아무런 걱정일랑 마세요."

김학우는 이어서 자기가 블라디보스토크, 포시엣을 오가

며 수소문했던 소식을 전했다.

"제가 개인적으로 사귄 블라디보스토크의 불란서 상인이 있습니다. 그가 영국 신문에 난 기사를 읽었다면서 이런 이야기를 해주었습니다. 바로 며칠 전에 일본이 영국으로부터 구입한 운요호운양호라는 군함을 부산 앞바다에 파견하여 군함시위를 벌임으로 조선 백성이 모두 놀라고 조선 관원이 항의하는 사건이 있었다고 합니다. 그 불란서인의 말에 의하면 서구 열강이 조선에 손을 쓰기 전에 일본이 먼저 손을 쓸려는 속셈인 것 같다는 말도 덧붙여 주었습니다."

"네?"

"뭐라고?"

모두들 깜짝 놀랐지만 김인승은 단호하게 말했다.

"너는 쓸데없는 망언을 들었을 수 있다. 아직 어린 네가 무엇을 안다고 그러느냐? 세와키 씨도 조선과 일본은 동호동문의 나라이니 마땅히 친하게 지내자고 하였다. 그리고 이것은 내 개인적인 생각이다만 우리나라도 어떤 형태로든 나라는 개방해야 된다. 지금 같은 세상에 나라의 문을 잠그고만 있는 것은 안 될 일이다. 늦으면 늦을수록 더 크게 넘어지게 되어 있다. 이번에 내가 직접 일본을 가서 그런 사정도 알아보고 오겠다. 쓸데없는 걱정들 마시고 기다리십시오. 내가 무사히 잘 다녀와서 이야기 해 드리리다."

김학우훗날 법무아문협판이 됨. 그도 다음 해 직접 도일하여 6개월여 동안 일본을 견문하고 돌아옴가 전한 소식은 정확한 것이었다. 그 대강은 이러 했다. 메이지 정부의 정한론자 사이고 다카모리의 퇴진으로 야기된 무사 계급의 불만을 무마하고 그 관심을 해외로 돌리기 위하여 작년1874에는 대만 침략을 단행했다. 한편 이 시기에 조선에서는 강경한 쇄국정책을 고수하던 대원군이 실각하고 재작년1873부터 고종의 친정과 민씨 척족 정권의 집정이 시작되는 등 중대한 정치적 변화가 일어났다. 대외 강경론자가 퇴진하고 약체의 민씨 척족 정권이 탄생하였다는 것은 일본으로서는 좋은 기회가 왔다는 신호였다. 작년에 청나라로부터, 일본이 대만을 침략한 것과 같이 조선을 침략할 것이라는 경고가 담긴 자문咨文을 받고, 고종은 이유원李裕元·박규수朴珪壽 등의 건의를 받아들여 대원군과 함께 쇄국정책의 제일선에 있던 동래부사 정현덕鄭顯德, 훈도 안동준安東晙, 경상관찰사 김세호金世鎬 등을 처벌하고 양국 간의 관계 개선을 위해 우호적인 태도를 일본에 전달하였다. 그때 교섭 재개를 위하여 이미 부산에 파견되었던 외무성의 모리야마 시게루森山茂는 불안정한 조선 정계에 대처해 기선을 잡는 방법은 군함으로 위협하는 일이라 판단하고, 히로츠 히로노부廣津弘信를 일본 본국에 보내 '목적을 달성할 수 있는 가장 효과적인 방법은 조선에 대하여 약간의 힘과 압력을 가하는 것'이라고 외무성에 보고 하였다.

일본인에는 개인이나 국가나 '가시캉 곤죠下士官根性'라는 것이 있었다. 졸병 생활에 이골이 난 하사관은 자기보다 한 계급만 높으면 벌벌 기고 한 계급만 낮으면 손아귀에 꽉 집어넣고 절대 풀어 주지 않는다. 그런 근성을 가진 자 앞에서 약자로 보인다는 것은 위험천만한 일이 아닐 수 없었다. 일본은 가장 가까운 곳에 약한 먹잇감이 하나 있음을 잘 알고 있었다.

모리야마는 부산의 일본 공관을 통하여 조선 측에 '일본국기, 군함기, 상선기 표본을 제시하고, 일본 배가 정박할 때는 보호해 주며, 또한 일본 깃발을 연안 관리에게 알 수 있도록 요청하는 공문'을 보내서 훗날 트집을 잡을 실마리를 만들어놓았다. 그는 부산에 거듭 파견되어, 4월 15일에는 더 강경한 대한포함외교對韓砲艦外交를 주장하는 건의서를 일본에 제출한다. 결국 이러한 모리야마의 건의는 일본 정부에 의해 받아들여졌고, 마침내 운요호雲揚號를 파견하게 된 것이었다. 운요호 함장 이노우에 요시카井上良馨는 김인승이 출국하기 바로 열하루 전인 5월 25일에 함선을 끌고 부산에 입항하여 조선의 항의를 무시하고 연안을 탐측하면서 무력적 포함砲艦 시위를 단행했다. 뒤이어 제이정묘호第二丁卯號, 춘일호春日號까지 도착하여 가세하였다. 모리야마는 이때 이들 깃발 신호를 염두에 두고 "일본 군함이므로 공격하지 말라."고 설명하는 등 능청을 부리기도 했다. 김인승이 출국한 직후인 6월 12일에는 다시 이들 군함이 부산에 출현했고, 부산의 왜학훈도倭學訓導 현석운玄昔運 등 조선 관리가 관람차 승선했다. 그러자 운요호는 불시에 발포 연습을 감행함으로써 일본이 대한 포함 외교 정책을 강행할 것임을 강력히 시사하였다.

부산항에서 시위를 벌이던 운요호는 이번에는 방향을 바꾸어 6월 20일에 부산을 떠나 동해안을 북상하여 함경도 영흥만에 들어갔다가 다시 남하하여 영일만을 거쳐 부산에 기착하였다가 나가사키로 돌아갔다. 이와 같은 일본의 무력 시위는 약 3개월 뒤 운요호의 강화도사건1875.9.20으로 그 본색을 드러냈다.

다음 날 오후, 블라디보스토크 부두에는 한 무더기의 흰 옷 입은 사람들이 석별의 정을 나누고 있었다. 내일 오전에 출발하니까 저녁부터 승선하라는 전갈이 있었기 때문이다.

김인승과 다케후지가 앞장서 걷고 있었다. 김인승은 경원댁이 지어 준 한복에 두루마기를 입고 가죽신을 신고 높은 갓을 쓴 조선의 지체 높은 양반 차림이었다. 다케후지는 승선하러 가던 길을 다시 돌아서서 차상환에게 깍듯이 인사를 했다.

"아버님, 다녀오겠습니다."

"어이, 건강히 잘 다녀오게."

김인승과 다케후지는 소선을 타고 상선 쿠리엘호에 탑승했다. 한참 후에는 세와키와 모로오카 일행을 배웅하기 위한 훨씬 많은 인원이 부두로 걸어오고 있었다. 중국인인 코펠 부인과 세와키는 부녀처럼 되어 있는 사이여서 잠시 이별도 무척 아쉬운 표정이었다.

"깐빠양아버지! 몸 건강히 잘 다녀오세요."

"오랫동안 신세를 졌어요. 내년에 다시 올 테니 그때 다시 잘 부탁합니다."

"다른 데 이사 가지 않고 기다릴 테니 걱정 말고 잘 다녀오세요."

세와키는 옆집 제니 부인과 함께 코펠 집에서 마련한 늦은 점심을 먹고 나오는 중이었다. 얼굴이 불그스레하게 취하여 작별 인사를 하고 나오니 코펠 부부, 제니 부부, 사동에 이르기까지 모두 선착장까지 배웅하겠다고 따라 나섰다. 전후로 둘러싸여 대문을 나서는데 대문 앞에는 벌써 일본상인 모키치, 고키치, 용인 등 4~5인이 기다리고 있었다. 그동안 안면이 있던 러시아인 여러 명도 같이 따라 나선다. 해변에 이르러 일일이 악수를 나누고 헤어져 쿠리엘호에 탑승하니 김인승과 다케후지가 막 승선한 두 사람을 맞이했다.

이리의 등에 오른 김인승

1

배는 6월 7일 정오에 블라디보스토크를 출발하였다. 상등칸에는 세와키와 모로오카, 그리고 독일인 한 명과 영국 상인 한 명 등 네 사람만 탑승했다. 배 안에는 다른 나가사키 상인, 중국 상인들이 상당수 타고 있었다. 세와키는 하룻밤을 푹 쉬고 아침에 갑판에 나와 보니 김인승이 혼자 우두커니 서서 조선쪽을 바라보고 있었다.

"그곳은 당신의 고향 경흥부 쪽이군요. 어찌 고원故園의 정이 일어나지 않겠습니까?"

"그렇습니다. 저기가 바로 경흥부 쪽이지요. 살아 생전에 고향에 갈 수 있을지 모르겠습니다."

"갈 수 있고 말고요. 반드시 다시 돌아가야지요."

"백부님, 우리 조선도 일본처럼 개화할 수 있을까요?"

"개화할 수 있다마다요. 황국이 적극 도와야지요. 우리는 동문동맹의 나라가 아닙니까. 황국이 조선을 개화시킬 계획이 있을 것입니다."

"그리만 되면 오죽 좋겠습니까. 저는 러시아를 보고 참으로 느낀 바가 컸습니다. 일본도 러시아만큼 개화하였다고 들었는데 사실입니까?"

"그렇답니다. 이제부터는 솔직하게 모든 것을 털어놓고 이야기합시다. 그대가 지금부터 황국을 도와야 할 일이 아주 많을 것이오."

"백부님의 분부시라면 제가 무엇을 못하겠습니까. 무엇이든 시키시기만 하십시오."

"자자, 이제부터 그런 얘기는 얼마든지 할 시간이 있을 테니 안에 들어가서 시나 한 수씩 읊어 볼까요?"

세와키가 숙식하는 상등 칸은 김인승의 일반 칸과는 천양지차였다. 침대가 놓여 있고 서양화가 벽에 걸려 있고 테이블 위에는 지필묵이 놓여 있었다.

김인승이 먼저 붓을 들었다.

청포를 휘날리며 화륜선에 몸을 실었네.

경홍부를 바라보니 마음 착잡하여라

꽃이 피고 꽃이 지면 타향에서 우니
구름은 오고가도 고국이 근심이라

青袍一上火輪舟 遙望慶興意悠悠

花開花落他鄕淚 雲去雲來故國愁

세와키도 김인승의 운韻을 따서 한 수 일필휘지했다.

풍설이 낯설으니 나그네 시름이여
남북 바닷길에 걱정이 되겠구려
그대의 고향 꿈 깨이지 않은 채
또다시 만 리 길 일본으로 가는구려.

風物何堪惹客愁 海南海北路悠悠

想君鄕夢未全覺 又上東洋萬里舟

두 사람은 서로 시를 바꾸어 보면서 고개를 끄덕이고 크게 웃었다. 세와키가 양주를 따라 주려 하자 김인승은 얼른 술병을 빼앗듯이 하여 먼저 세와키에게 따라 주고 세와키가 따라 주는 술을 두 손으로 공손하게 받았다. 김인승은 두 손으로 받쳐 들고 고개를 돌려 마시고 세와키는 한 손으로 앞을 보며 마셨다.

배가 미끄러지듯이 현해탄으로 들어서고 있었다. 김인승은 갑판에 나와 우측으로 산들이 겹겹이 이어지고 있는 조선 쪽에 눈을 고정시켰다. 좌측으로는 조그만 섬이 두 개가 보이는데 그것을 소대마小對馬라 부르는데, 길게 이어진 형태여서 시모노세키下關 앞바다까지 맞닿았다.

배에서 겨우 20~30리쯤 떨어진 우측으로는 울산蔚山, 동래부東萊府의 민둥산이 보였다. 한참 만에 커다란 대마도가 뱃머리 앞에 나타났다. 다가갈수록 일본 백성들의 농지까지 확실하게 시야에 들어왔다. 아, 일본에 도착했구나. 김인승의 심장이 가쁘게 뛰기 시작했다. 그리고 한참이 지나자 고토五島가 보였다.

6월 12일, 김인승은 아침 일찍 일어나 갑판에 나와 사방을 살펴보았다. 이키壹岐, 히젠肥前까지 구름인지 산인지 분간키 어렵게 아른거렸고, 일본의 대소 선박들이 흰 돛을 올리고 왕래하는 것이 보였다. 잠시 후에 나가사키항의 이오지마硫黃島가 멀리 보였다. 이내 나가사키항 안으로 진입해 우메가사키梅箇崎라는 곳에 정박하였다. 세와키는 4월 16일1875 나가사키항을 출발하여 6월 12일 다시 나가사키항에 도착하였으니 두 달간의 블라디보스토크 시찰 임무가 일단락되었다. 비록 조선에 관한 밀명은 이행하지 못하였으나 세와키는 조선 지식인 김인승을 직접 대동하고 입국하는 데 성공한 것이다.

부두에 상당히 많은 인파가 보였다. 곧 하늘을 향해 축포가 울러 퍼졌다.

"백부님, 저 대포 소리는 웬 소리입니까?"

"저것은 축포입니다. 외무성에서 준비하였는데 이것은 나를 축하하는 의미도 있지만 김공을 환영하는 의미도 크답니다. 놀라지 마세요."

흰 한복에 두루마기를 입고 갓을 쓴 김인승은 세와키가 시키는 대로 움직였다. 안내하는 대로 선창에 배웅 나온 환영선에 몸을 싣고 상륙하였다. 부두의 인파는 특히 김인승의 조선의 양반 차림에, 우레와 같은 박수를 보냈다. 개중에 몇몇은 웃는 사람도 있었고, 의아하다는 듯 바라보는 사람도 있었다.

모로오카의 알선으로 들어간 임시 숙박지는 요시노吉野라는 사람의 집이었다. 세와키와 함께 현령縣令 미야가와宮川씨를 방문하였으나 도쿄에 가고 없었다. 다시 숙박지로 돌아와 모로오카와 협의하여 당현의 외국 교섭계 미우라三浦를 소개 받기았다. 미우라는 조선 역관 나카노 고타로中野許多郞를 소개해 주었다. 이제부터는 자신과 조선어 역관이 김인승의 사무에 관한 모든 일을 맡을 것이라고 말했다.

"일본에 오신 것을 환영합니다. 러시아 국적을 가진 조선인이라고 들었습니다. 먼 길을 오시느라고 수고가 많았습니다. 애로 사항이 있으면 모든 것을 저에게 말씀해 주시기 바랍니다. 하루 이틀 나가사키에서 머물다가 도쿄로 숙소를 옮길 것입니다. 도쿄에서는 세와키 님을 비롯한 외무성 관원이 모든 것을 알선할 것입니다."

미우라가 설명을 하고 나카노 역관이 유창한 한국어로 통역을 했다.

"반갑습니다. 잘 부탁합니다. 일본이 이렇게 발달했는지 미처 몰랐습니다. 블라디보스토크보다 나가사키가 훨씬 번창합니다. 참 통역을 하신 분은 어디서 조선어를 배웠습니다. 저는 조선인인 줄 알았습니다."

"저는 대마도가 고향입니다. 저는 외무성 소속 역관으로 일하며 통상외교 사무를 돕고 있습니다. 대마도는 조선과 훨씬 가깝고 교역도 일본보다 빈번하여 조선어가 거의 통용될 정도입니다. 어디나 조선어 통역은 대마도 출신이 맡는 것이 통례입니다."

"나는 지금 구라파의 어느 나라에 왔는지 일본에 왔는지 분간이 가지 않습니다. 저 수많은 거선들이며 높은 건물들이 정말 일본 맞습니까."

"네 특히 이곳 나가사키는 일본 내의 외국이라 하여 일본 내에서도 번창하기로 유명합니다."

세와키와 모로오카 일행은 벌써 나가사키에서 수속을 마치고 도쿄으로 출발하였고 김인승은 이들의 안내를 받으며 도쿄으로 출발하기로 했다.

2

외무경의 집무실에는 데라지마 외무경과 세와키 7등출사가 마주 앉아 있고 좀 떨어진 자리에 기록원 한 명이 필기를 하고 있다.

"수고가 많았소. 두 달간이나 추운 러시아를 시찰하느라 얼마나 고생이 많았소? 그런데 군은 출장 명령서대로 임무를 잘 수행하였소?"

"네, 각하. 제가 할 수 있는 최선을 다했습니다. 단 조선인의 향도를 받아 조선에 잠입하여 토지 풍속 등을 탐색하라는 명령은 수행하지 못했습니다. 여건 조성이 쉽지 않았으며 시일이 촉박한 탓에 일단 귀국하였습니다. 단 거기에 상응하는 일을 하나 했습니다.”

“구체적인 결과 평가는 외사우국에서 따로 할 것이고, 그래 거기에 상응하는 일이란 무엇이오?”

“네, 블라디보스토크의 니코리스크란 곳의 조선인 월경 탈주민 마을에서 조선인 가운데서 가장 지식인인 김인승이란 자를 하나 대동하고 귀국했습니다.”

“그 사람이 어떤 사람인지는 잘 모르겠으나 황국의 대對조선 업무에 도움이 될까? 지금부터 얼마간은 황국의 대외 업무는 대 조선 사무가 가장 중요한 부분을 차지할 것이오. 서구제국이 손을 쓰기 전에 황국이 최단 시일 내에 조선을 우리의 세력권 안에 넣기로 했소. 알지 모르지만 지난달에 벌써 우리 운요호가 부산에 출동하여 사단의 실마리를 만들었소. 아메리카의 페리 제독이 도쿠가와 막부를 개방시키던 것과 똑같은 수순을 밟기로 제국의 방침이 정해졌어요. 그대로 성공을 한다면 조선으로서는 행운이며 황국에 더없이 감사해야 할 것이오. 지금부터 아주 빠른 속도로 진척될 것이오.”

“그렇습니까. 김인승이란 자를 만나 보시면 각하께서도 만족하실 것입니다. 각하의 정책 실행에 큰 도움이 될 인물입니다. 한학에 출중하고, 감각이 빠르고 조선 내부 사정에 밝은 당지에서도 얻기 어려운 인물입니다. 그리고 하나의 큰 장점은 그는 조선의 월경 탈주민이지만 러시아 국적을 소유하고 있기 때문에 그의 신분에 대해서 조선 정부에서 알 수 없는 인물입니다. 비밀 유지에 최적의 인물입니다."

"인물만 적합하다면 외무성 외국인 고문으로 채용할 수도 있지. 지금 외무성의 외국인 고문이 5백 20명이나 되지만 조선인 고문은 단 한 명도 없는데 잘됐군. 외사우국장을 시켜서 심사 결과를 올리도록 조치하겠소."

'대조선 업무에 차질을 빚은 책임을 추궁하지 않을까?'

외무경의 집무실을 나온 세와키는 조금 불안했다. 그러나 방금 외무경이 김인승을 외국인 고문으로 채용할 수 있다는 가능성을 비친 이상 자신의 의도대로 흘러갈 가능성이 높았다. 이제 세와키는 최선을 다해 외국인 고문으로 김인승을 추천하기만 하면 되었다.

김인승은 도쿄의 겐보쵸兼保町 17번지 오사카옥大坂屋이라는 한적한 여관에 여장을 풀었다. 20평이나 되는 넓은 방에 두 명이 장기간 기거하기로 예약이 되어 있었다. 한 사람은 가가와현香川縣의 독서인 하야시 도케이젠林道卿善이란 사람인데 그의 이름은 하야시 신죠林深造로 더 알려져 있었다. 방은 중간에 미닫이가 있어서 일단 각자의 책상이 나누어져 있긴 하지만 엄밀히 말하자면 같은 방이었다.

하야시는 오래전부터 조선의 역사와 정세를 연구해 오던 인물로서 이제 마무리를 짓기 위해 외무성을 드나들며 자료 요청하고 있었다. 외무성에서는 급히 조선 전문서가 필요했기 때문에 그를 세와키에게 전담케 하였으며, 세와키는 하야시를 아예 김인승과 함께 기숙하게 하여 감시 겸 자문을 구하는 임무를 맡겼다.

다음 날 세와키는 자기의 동료라면서 외사우국 아시아 과장 히로츠 히로노부廣津弘信와 함께 직접 오사카옥에 들렀다.

"과장님, 이 사람이 제가 말씀드린 김인승이란 사람입니다."

"반갑소. 나는 히로츠 히로노부라고 합니다. 이 뒤로 아마 외무성에서는 세와키 씨를 제외하면 나와 가장 많이 접촉을 해야 할 것이오. 모든 것을 나와 상의하도록 하세요."

"김인승이라고 합니다. 잘 부탁합니다. 제가 일본까지 오다니 꿈만 같습니다. 대인들께서 시키는 일이라면 무엇이나 견마지로를 다하겠습니다.

히로츠 과장은 김인승에게 언제 월경하였느냐, 러시아 국적은 언제 획득하였느냐, 일본까지 오게 된 동기는 무엇이냐, 일본에 대한 인상은 어떠한가 등 모든 것을 재확인하는 질문을 했다. 또 하야시의 통역을 배제하고 붓을 들어 직접 필담을 나누어 보기도 했다. 김인승의 일필휘지하는 한문 실력에 히로츠 과장은 놀라는 표정이었다. 마치 시험을 치르듯 한나절을 같이 보내고 세와키와 함께 오사카옥을 나섰다.

두 사람이 나간 뒤로 김인승은 하야시와 여러 가지 이야기를 나누었다. 하야시는 히토츠바시一橋에 처자가 기거하는 집이 있었지만, 이삼일 만에 한 번씩 들르고 거의 김인승과 기침을 함께했다. 하야시는 도량이 넓고 세계 정세에 밝아서 김인승으로서는 선각자를 만난 기분이었다. 하야시의 생김새는 키가 작고 예리한 인상에 눈썹은 양끝이 위로 젖혀져 있고 깊은 속내를 숨기고 있는 듯하였다. 다소 서툴지만 정확하게 표현하는 조선어를 듣고 어디서 배웠느냐고 묻자, 독학으로 일본에 있는 조선인을 수시로 접촉하여 익힌 것이라고 했다. 어떤 재일 조선인이냐고 캐묻자 표류민이라고 대답했다. 외국문물에 밝고 정한론의 찬성자인 하야시는 반관반민 자격으로 표류민의 사건 처리와 그들의 감시와 보호, 정보 수집 등의 업무를 수행할 수 있는 적임자였다.

"조선은 하루 빨리 개방되어야 합니다. 늦으면 늦을수록 실기하게 됩니다. 지금 세계 정세는 하루가 멀다 하고 급변하고 있습니다. 황국도 불과 10년 전까지만 해도 어리석은 생각을 한 사람이 매우 많았습니다. 지금 10년의 기간은 이

전과는 비교도 안 될 정도로 큰 변화를 하고 있습니다. 황국도 막부가 끝나고 메이지유신이 된 것은 불과 8년입니다. 그러나 지금의 8년의 시간은 이전의 80년보다 더 큰 변화를 하고 있습니다. 일본이 이런 발전을 가져온 것은 어떤 수모를 당하면서도 반드시 개화하고야 말겠다는 마음가짐이 있었기 때문입니다. 황국이 서구 제국에서 받은 모욕은 말로 다 할 수 없습니다. 그러나 일본인은 나에게 이익이 된다면 어떤 수모도 달갑게 받아들입니다. 일본인은 연장자나 부모도 존경하지 않습니다. 오직 '에라니 히토훌륭한 사람'에게만 존경을 표시하고 에라이 히토라면 무조건 무릎을 꿇고 가르침을 청합니다. 그런 정신이 있었기에 황국은 벌써 중국을 능가하리만큼 되었고 러시아와 자웅을 겨룰 만큼의 실력을 갖추었습니다. 부국강병의 나라는 몇백 년, 몇천 년의 역사가 있다고 해서 이루어지는 것이 아닙니다. 방향만 정확히 잡으면 아주 단시일 안에 이루어지는 것이고 방향이 틀리면 몇백 년, 몇천 년이 흘러도 소용이 없는 법입니다."

"부럽습니다. 우리 조선도 일본처럼 문명 대국을 이룰 수 있을까요?"

"이룰 수 있습니다. 단 조선에 서양 열강이 들어가지 못하게 해야 합니다. 지금은 누가 먼저 들어가면 바로 들어가는 그 나라가 조선을 차지하게 되어 있습니다. 그 역할을 서구 제국이 맡아서는 안 되고 일본이 도와서 문명국을 만들어야 합니다. 조선은 참으로 이상한 나라입니다. 쇄국을 고집하는 어리석음도 어리석음이려니와 조선에는 인물이 없습니다. 역사에 통쾌 무비한 장면이 없습니다. 한 나라가 정확한 방향을 잡기 위해서는 그 방향타를 바꾸는 사람, 바로 그 사람이 나와야 합니다. 김 선생님이 그런 사람이 되어 보시지 않겠습니까?"

"제가 어찌 그런 인물이 되겠습니까. 그렇게 말씀하시니 내 자신이 부끄럽습니다. 우리나라가 수모를 당하지 않도록 일본이 꼭 도와주셔야 합니다."

"나는 조선을 오래전부터 연구하여 왔습니다. 제가 김 선생님과 같이 기거하게 된 것도 조선에 관하여 수시로 물어보기 위하여 세와키 님이 알선해 주신 것입니다. 지금 제가 저술하고 있는 책 이름을 『계림사략鷄林事略』이라 명명하여 보았습니다. 저자는 세와키 님과 공동 명의로 표기됩니다. 세와키 님은 나가사키에서 동문수학하던 분입니다. 저도 세와키 님처럼 구학의 길을 찾아 단신으로 나가사키를 찾아 데지마의 포술가 다카시마 슈항과 상관의 시볼트 박사에게 난학을 사사했습니다. 스무 살도 되지 못하던 시절의 동학입니다. 우리는 그때 그분들에게 사사를 받기 위해 한 달이고 두 달이고 무작정 풍찬노숙하고 끼니를 굶으며 기다렸습니다. 나이는 제가 세와키 님보다 더 많습니다. 그러나 저는 세와키 님을 존경합니다. 그는 지식의 갈증이 저보다 몇 배 더 강했기 때문입니다. 저는 지금부터 김 선생님에게 시도 때도 없이 조선에 관해서 물을 것입니다. 아는 대로만 대답해 주시면 됩니다. 먼저 김 선생님이 저에게 도움을 줄 것은 조선의 지명을 위시한 고유명사를 어떻게 읽는지 정확한 발음부터 일러주는 것입니다."

"제가 아는 대로 모든 것을 일러드리겠습니다. 그런데 그 책은 어디에 쓰시려는 것입니까?"

"어디에 쓰기는요? 이렇게 가까운 나라인데도 황국에는 아직 조선에 관한 전문 서적이 너무나 빈약합니다. 전에 태합께서 조선 정벌을 할 때 썼던 책자 수준을 아직도 벗어나지 못하고 있습니다. 하루 빨리 최신 사정을 알 수 있는 서적이 나와야 합니다. 그래야 상부상조할 수 있지요."

"일본에는 하야시 상처럼 조선사에 조예가 깊은 사람이 많습니까?"

"조선사를 순수 학문으로 연구하는 사람은 없습니다. 처음은 상당수가 조선사를 연구하다가도 중간에 포기해 버리고 맙니다. 그 이유은 무엇보다도 조선사는 재미가 없습니다. 고대에서부터 현대에 이르기까지 통쾌한 장면이 한 장면도 나오지 않습니다. 다른 나라 역사는 그래도 체증을 내려주는 명쾌한 장면이 많이 등장합니다. 그러나 조선사는 가부키로 말한다면 아무런 반전이나 클라이맥스가 없이 밋밋하게 재미없는 이야기가 계속되는 형국입니다. 그래서 조선사를 하던 사람은 중간에 중국사나 다른 나라 역사로 전공을 바꾸어 버리지요. 조선사를 연구하는 사람은 순수 학문이 아니고 다른 특수 목적이 있는 사람만 하고 있다고 보아야지요."

이는 하야시 자신도 순수 학문적 목적이 아니고 다른 특수목적이 있어서 연구한다는 의미였다. 그러나 김인승은 하야시의 그 중요한 한 마디를 놓치고 있었다. 김인승과 하야시가 동숙하는 오사카옥에는 세와키가 수시로 들러 담소도 나누고 같이 식사도 하곤 했다. 오사카옥으로 숙소를 정한 2주일 쯤 후에 세와키는 만면에 미소를 머금고 현관문을 들어섰다.

"김공! 축하하오. 드디어 당신은 황국의 영광스러운 외국인 고문이 되었어요. 내일 오전 열 시 정각에 외무성에서 외무경 각하께서 직접 외국인 고문증 전달식을 거행하기로 했어요."

"백부님, 백골난망입니다. 제가 감히 일본의 외무성 외국인 고문이 되다니 꿈같은 일이 현실로 이루어졌군요. 저는 이제부터 일본을 위한 일이라면 무엇이나 할 것입니다."

"세와키 님의 적극적인 추천이 없었다면 있을 수도 없는 일입니다. 김 선생님은 평생 세와키 님에게 감사해야 할 것입니다."

"이르다 뿐입니까. 백부님은 나의 생불이십니다. 이 은혜는 평생을 두고 잊지 않을 것입니다."

옆에서 하야시가 말을 거들었고 김인승은 두 사람을 향해 몇 번이고 절을 하였다.

일본 외무성 외국인 고문

1

일본 외무성 접견실은 상당히 긴장된 분위기에서 외무성 관리 몇 명과 외국인 고문 다섯 명, 그리고 기록원이 대기하고 있었고, 사진사는 큰 사진기를 설치하고 외무경이 나오기 전까지 기계를 점검하고 있었다.

외무성 책임자로 외무대보外務大輔 사메지마 히사노부鮫島尙信, 모리 아리노리森有礼 두 명이 모두 참석하였다. 외무대보의 정원은 원래 세 명인데 한 명은 외무경이 겸임하고 있기 때문에 두 명이 참석함으로 전원이 참석한 셈이다. 그리고 서무국장과 서무국의 직원 몇 명이 참여하였다.

외국인 고문은 나비넥타이를 하고 있는 미국인 두 명과 정장에 깃을 세우고 있는 독일인 한 명, 네덜란드인 한 명 그리고 하얀 한복과 두루마기에 갓를 쓴 조선인 김인승이다.

한참의 침묵의 시간이 지나고 문밖에서 "각하가 들어오십니다."하는 전갈과 함께 일제히 일어나서 데라지마 외무경을 맞이한다. 사회는 서무국장 요시자와 쓰네노리吉澤經範가 보았다.

데라지마 외무경이 가운데 서고 요시자와의 호명에 의하여 한 명씩 앞으로 나아가서 데라지마 앞에 선다. 서무국에서 나온 여자 직원이 '일본 외무성 외국인 고문'이라는 패를 건네주면 외무경은 들고만 서 있고 요시자와가 대신 읽고 나서 외무경이 직접 상대에게 패를 건넨다.

외국인 고문패

성명 xxxx 국적 xxxx

귀하를 대일본국 외무성 외국인 고문으로 임명함. 귀하는 대일본국의 신정부 건설을 위하여 성심성의껏 자문하여 대일본국 국가 발전을 위하여 공헌해 주기를 바람.

고용 기간 메이지 8년 8월 1일부터 동 x년 x월 x일까지

일본국 외무성 외무경 데라지마 무네노리

같은 문구를 계속하여 낭독한다. 그런데 네 사람의 외국인 고문패가 다 전달되었는데도 김인승의 고문패는 없다. 옆에 섰던 한 행정원이 김인승 고문은 증명서가 따로 숙소로 전달될 것이라고 전한다. 김인승은 외무경과 악수만 하는 것으로 대신하였다. 오늘은 외무경이 급한 일정이 있기 때문에, 임명된 외국인 고문은 따로 날을 정하여 외무경과 함께 만찬자리를 마련할 것이라고 하고 일단 해산하였다.

외무성 건물의 1층으로 내려오니 로비의 의자에서 서양인 한 명과 하야시가 기다리고 있다. 서양인은 미국인 고문 에드먼드Edmond의 후견인이고 하야시는 김인승의 후견인이었다. 건물을 빠져나오다가 다른 미국인 고문 앤드류Andrew가 제안을 한다.

"지금 점심때가 다 되었는데 우리 식사나 같이 하면 어떻습니까?"

"그것 좋은 생각인 것 같소."

"찬성이오."

독일 고문 베켄바우어Beckenbauer가 대답하자 네덜란드 고문 그라벨Gravel이 맞장구를 친다. 의견이 모아진 것 같자 에드먼드가 앞장을 선다.

"내가 이 근방의 유명한 소바야메밀국수 집를 잘 압니다. 한

길을 건너서 바로 저 골목으로 들어가면 '시미즈清水'라는 이름의 소바야가 있습니다. 조선 고문도 찬성하시지요?"

"물론 찬성입니다. 공자 말씀하시기를, 삼인행 필유아사三人行 必有我師라 하여 세 사람이 걸으면 그 안에 반드시 스승이 있다고 하였는데 공은 낯선 외국 땅의 식당 이름까지 아니 부럽기 짝이 없습니다."

외무성이 있는 가스미가 세키霞が關 지역은 일본 행정 기관의 중심지다. 특히 이때는 국가에서 외교 부문이 가장 중요한 위치를 차지하고 있었기 때문에 '가스미가 세키 외교'라는 말까지 나오고 있었다.

식당을 들어서니 안은 정갈하기 그지없고 기모노를 입은 예쁜 종업원들이 깊이 허리 숙여 "이랏샤이마세어서 오십시오!"를 합창한다. 외무성 정문 건너편의 이 식당은 3대째 내려오는 전통 있는 소바야이다. 일본인은 직업에 귀천이 없어서 자기 부친이 메밀국수 집을 하든 이발소를 하던 주조장을 하든 자긍심이 대단하고 천하 제일주의를 발휘하여 대를 잇는다. 어떤 일을 하던 그 부분에서 제1인자가 되는 것은 세상에서 가장 값진 성과를 이룬 것으로 인정받는 것이 일본의 관행이다.

시미즈에 들어서자 주모격인 듯한 여인은 낯익은 에드먼

드가 들어오자 깜짝 반기며 맞이하고 둘이 몇 마디 인사를 나눈다. 식탁 가운데는 이로리居爐裏, 마룻바닥을 사각형으로 파서 만든 난방 장치가 놓여 있고 일본식 칠기, 사각 접시, 벚꽃 모양의 작은 종지들이 놓이고 앙증맞은 주전자에 따끈한 녹차가 담겨 나온다. 앤드류와 베켄바우어는 젓가락질을 못한다면서 포크로 바꾸어 달라고 주문했다. 조그만 것이라도 가져오고 가져갈 때는 기모노의 여인은 매번 먼저 큰절을 하고 나서 움직인다.

이 광경을 보고 김인승이 한 마디 한다.

"조선을 동방예의지국이라 했는데 일본에 와서 보니 일본이야말로 동방예의지국인 것 같습니다. 예의가 조선보다 더 바르지 않습니까?"

"일본인에게는 '손님은 하느님이다'라는 철학이 있습니다. 하느님이 왔는데 무슨 일을 못합니까. 실은 하느님보다 손님을 더 공경합니다. 하느님은 돈을 주지 않지만 손님은 돈을 주니까요."

애드먼드가 일본통답게 일본을 해설한다.

소바는 대나무발로 짜진 사각 접시에 담겨 나왔고, 소바 위에는 잘게 자른 김 등을 그림처럼 예쁘게 올려놓았다. 적셔 먹는 종기에 담긴 쯔유연한 간장 소스에 갈아놓은 무와 가는

파, 그리고 파란기 나는 와사비를 적당히 섞어 적셔 먹었다. 소바야라고 해서 소바만 나오는 줄 알았더니 소바가 나오기 전에 새우튀김 등이 나오고 소바가 나온 후에도 작은 찹쌀떡이 그림처럼 예쁜 작은 접시에 작은 대나무 포크와 함께 나오곤 한다.

그라벨이 하야시를 보고 동의를 구한다는 듯이 말한다.

"일본인은 식사를 할 때 소리를 내는 것이 실례이지만 면류를 먹을 때는 소리를 내도 실례가 되지 않는다지요?"

"그렇습니다. 우동이나 소바 같은 면류는 일부러 소리를 내며 먹기도 합니다. 맛있다는 표시지요. 그라벨 고문은 일본에 얼마나 사셨는데 일본의 습관을 그렇게 잘 아십니까?"

"네, 2년 됐습니다. 저는 일본의 문화 관습 모든 것을 다 좋아합니다. 특히 일본인의 서구를 따라 잡으려는 그 진지한 모습은 사람을 감복하게 하고도 남음이 있습니다."

대화를 나누고 있는 사이에 소바를 끓였던 면수가 약간 큰 그릇에 담겨 나왔다. 보아 하니 우윳빛 나는 하얀 색깔이 마치 조선의 숭늉과 같다. 면수 먹는 방법도 앤드류가 시범을 보인다. 간장 소스가 아직 남아 있는 종기에 면수를 부어서 먹는다. 이것을 본 김인승이 말한다.

"이것은 조선의 숭늉과 같습니다. 조선에서도 식사가 끝나면 밥을 했던 그 솥에 물을 부어 누룽지로 숭늉을 만들어 먹지요. 참으로 조선과 닮은 데가 아주 많습니다. 그런데 일본의 식습관 중에서 아주 좋은 것은 음식을 처음부터 남기지 않을 만큼의 양을 준다는 것입니다. 조선은 음식을 많이 남기지요. 남긴 음식을 다 버리면 너무 낭비가 심하고 다시 먹으면 비위생적이어서 어차피 조선의 식습관은 틀렸다고 생각하고 있었는데 일본은 한 톨도 남기지 않으니 얼마나 합리적인지 모르겠습니다. 젓가락을 사용하는 것은 조선과 같군요. 일본인에는 수저는 아예 없고, 젓가락 놓는 방법은 조선은 세로로 놓는데 일본은 상 가운데에 가로로 놓네요. 역시 조선보다 합리적입니다. 상 가운데 가로로 놓여 있으니 집기도 쉽고 옷소매에 걸려 땅에 떨어질 염려가 전혀 없군요. 조선은 세로로 놓으니 옷소매에 들려 가끔 바닥에 떨어지기도 한답니다. 또 조선은 젓가락을 동으로 만들어서 무겁고 손에서 미끄러지기 쉬운데 일본 젓가락은 나무이기 때문에 손에 짝 달라붙는 것이 아주 합리적이군요."

"조선과 일본은 그 외에도 닮은 데가 아주 많을 것입니다. 나는 우리 네덜란드에서 벌써 마르코 폴로의 여행기『동방견문록』를 읽어서 조선에도 관심이 아주 많습니다. 일본과 조선은 마땅히 같은 문화권에서 가장 친하게 지내야 할 사이인데도 그렇지 못하고 있는 듯합니다. 알고 보면 조선은 일본과 혈통이 같은 알타이족입니다. 오히려 조선과 중국은 피가 다르지요."

"조선도 일본처럼 문호를 개방해야 합니다. 지금은 쇄국으로 버텨 보았자 자기만 손해입니다."

그라벨의 말에 베켄바우어가 거든다. 그라벨은 말을 계속한다.

"우리나라의 피터 브루겔Pitier Bruegel이라는 사람이 쓴 네덜란드 속담집이 있습니다. 거기에는 인간의 어리석음을 보고 웃는 내용이 주를 이루고 있습니다. 그 책에 죽은 송아지 옆에서 구덩이를 메우고 있는 남자를 비유한 속담이 있는데 그것은 일이 터진 다음에야 대책을 세우는 어리석음을 비유한 내용입니다. 나는 조선이 꼭 그렇게 될 것 같아 안타깝게 지켜보고 있습니다."

"지난달에 일본의 함선이 조선 해안에서 대포로 굉음을 울려 조선이 놀라고 일본은 대조선 강경론이 대세를 이루고 있다고 합니다만, 우리 페리 제독이 막부를 개방했듯 일본이 조선에 그 역할을 하려는 것이 아닌지 모르겠습니다."

앤드류가 너무나 중요한 문제를 가볍게 던지는 바람에 모두 흠칫하고 잠시 침묵이 흘렀다. 김인승은 혼자 생각했다.

조선은 어떤 형태로든 하루 빨리 쇄국을 풀어야 한다. 내가 여기서 그런 역할을 할 수만 있다면 얼마나 좋을까? 일본처럼 이렇게 훌륭한 나라를 만들 수만 있다면 얼마나 좋을까?

"자, 그럼 오늘은 이만 하고 또 뵙기로 합시다. 만나서 반갑습니다."

앤드류의 폐회사 비슷한 말에 모두 일어날 채비를 하며 각자 호주머니에서 식사 값을 꺼낸다. 조선의 습관으로는 누가 한 사람이 내야지 각자의 몫을 각자가 내는 습관이 없기 때문에 어리둥절하고 있는데 그라벨이 그럴 줄 알았다는 듯이 김인승을 보고 설명을 한다.

"각자 자기 몫을 내는 것을 '화란인의 초대'라고 합니다. 서양에도 처음에는 이런 습관이 없었습니다. 그러나 우리 네덜란드인의 습관을 보니 좋기 때문에 서양인들도 서로 따라 한 것입니다. 자기 몫을 자기가 내고 나면 서로가 아주 부담 없고 즐거운 만남이 됩니다. 그래서 서양에서는 지금 널리 시행되고 있고 일본도 따르고 있는 중입니다. 좋고 편리한 것은 누구 눈치 보지 않고 따라 하는 것, 그것이 바로 발전적 태도입니다. 국가도 그래야 합니다."

생전 처음 고위층 인사들과 자리를 같이 해보았고 평생 가도 경험할 수 없는 체험을 한 김인승은 마치 자기도 그들과 같이 고위 인사가 되고 문명인이 된 착각을 하였다.

김인승이 오사카옥에 귀가한 다음 날 오후에 세와키가 직접 외무성의 김인승에 관한 문서를 가지고 왔다. 문서를 보니, 말이 외국인 고문이지 서양인들과는 다르게 실제는 고용 계약서 같은 것이었다. 제목은 '김인승 고입장金麟昇雇入狀'이라고 되어 있었다.

김인승 고입장

금번 만주 지방 및 조선국 지지地誌, 기타 취조取調를 위하여 족하足下를 외무성에 고용함. 고용하는 조건은 다음과 같음.

제1조 족하가 봉직 중에는 모든 것을 과장의 지시에 따를 것이며 전문 취조 건을 공부할 것.
제2조 고용 기간은 8월 1일부터 10월 31일까지, 합계 3개월간이며 일급으로 1원씩을 지불함
제3조 과장의 허가 없이 임의로 휴업하는 일이 있으면 그날 분의 급료를 공제함.
제4조 가구류는 물론 제잡비는 스스로 마련할 것이며 숙박료 일체도 따로 지불하지 않음.

제5조 만기가 되어 귀국할 시는 거기에 상당한 여비를 지불함.

이상 각 조를 엄격히 준수할 것이며 귀국 시는 이 고입장을 반환할 것.

8월 1일 세와키 히사토

김인승 족하

일단은 3개월간의 고용 계약서이며 세와키가 김인승을 고용하는 형식이다. 조선에 대하여 너무나 민감한 시기이기 때문에, 외무성에 조선인을 외국인 고문으로 채용했다는 흔적을 남기지 않으려는 의도가 있었다. 때문에 다른 외국인 고문보다는 등급이 상당히 아래이며 불리하면 국제적으로 시치미를 뗄 심산이었다. 그리고 증거를 남기지 않기 위하여 귀국 시에는 본 계약서를 반환하라는 조건을 달았다.

일단의 고용 목적은 지도 작성을 도우라는 내용이다. 만주지방 및 조선의 지도 작성과 기타 필요한 사항을 요구할 때 응해 달라는 것이지만, 여기서 만주 지방 운운한 것은 김인승이 연해주에 거주하는 러시아 국적이기 때문에 한 말에 불과하고 현재로서는 조선의 최신 지도 작성이 급선무였다. 기타 필요한 사항은 다시 요구하려는 모양이다.

2

밖에 손님이 왔다는 전갈을 받고 나간 하야시는 한 건장한 중년 남자와 같이 들어왔다. 김인승에게는 가벼운 목례만 하고 미닫이를 닫고 자기 책상으로 가서 밀담을 나누고 있었다.

"저는 육군성 군무국 제1국장 오야마 이와오大山巖입니다. 이 지도는 특히 육군경陸軍卿. 육군참모총장 야마가타 아리토모山縣有朋 각하께서 저에게 책임을 맡겨 완성해 오라는 것입니다. 이 작업을 완수하기 위하여 육군성에서 외무성에 협조요청을 하였고, 외무성에서 하야시 상과 김인승 상에게 자문을 구하라는 회답이었습니다. 잘 부탁합니다."

"알겠습니다. 그런데 이 지도를 어디에 쓰려고 육군 대신大臣께서 직접 지시를 하십니까?"

"저도 자세한 것은 잘 모르겠습니다. 그러나 평범한 보관용으로 지도를 편찬한 것 같지는 않습니다. 전 육군에 아주 유용하게 쓰일 것이 분명하고 시간도 아주 촉박합니다."

"잘 알았습니다. 저와 김인승이 협력하여 가장 빠른 시일 안에 완성하여 보고 드리겠습니다."

오야마는 돌아가면서도 김인승에게는 가벼운 목례만 하

고 현관을 나선다. 손님을 배웅하고 돌아온 하야시는 얼굴색까지 좀 창백한 듯한 표정이다.

"방금 그 손님은 어디서 온 누구입니까? 무슨 용건으로 왔습니까?"

"출판사에서 온 사람인데 최신 조선 지도를 편찬해야 한다면서 빠른 시간 안에 완성해 달라는 주문입니다."

김인승이 일어가 서투루다는 것을 핑계로 적당히 둘러댄 말이었다. 단 하야시는 직감적으로 오는 것이 있었다. 무슨 사달이 빠른 시일 안에 일어날 것이고, 이 지도는 거기에 요긴하게 쓰일 것이다. 특히 군대에서 필요한 것이라면 긴박한 일이 틀림없으니 조선에 대하여 일이 급박하게 돌아가고 있음을 직감할 수 있었다.

그 지도의 원본은 영·미국에서 간행한 측량해도 등을 참작한 『조선팔도전도·대청일통여도朝鮮八道全圖·大淸一統輿圖』로써 조선 지도 부분을 김인승에게 자문을 구하여 오류를 정정하려는 것이었다.

김인승이 일체의 지명을 한글로 적어 주면 그것을 하야시가 일본 가나로 토를 달았다. 그런데 한자가 없고 일본 가나만 있는 곳이 있는데 그것은 원래 영문으로 된 것을 가나로 바꾼 것으로 김인승도 한자를 모를 경우 정확한 한국어 발음을 일러주었다. 하야시는 일본 국내에 있는 모든 조선 지도를 다 구해 와서 김인승에게 참고하도록 하였다. 그러나 김인승이 보기에도 처음에 출판사에서 가져왔다는 그 지도 이상 정확한 것이 없었다. 보름 정도는 식사만 끝나면 지도를 잡고 씨름하였다.

지도가 완성되자 전에 왔던 그 오야마가 다시 직접 와서 수령해 갔다. 이 지도가 『조선전도』라는 이름으로 출판된 것은 그해1875 10월이고 제작소는 육군성 참모국이었다. 그런데 동년 동월에 『조선전도』보다 며칠 늦게 또 한 권의 조선 지도가 출판되었으니 그 이름은 『개정신준改訂新鐫 조선전도』란 것이었다. 이 지도는 사다 하쿠보佐田白茅의 작품이다. 비록 세 사람, 즉 사다 하쿠보佐田白茅, 키시다 긴코岸田吟香, 마츠다 아츠토모松田敦朝 3인의 합교合校 출판으로 되어 있으나 사다 한 사람의 오랜 준비 끝에 완성된 작품이었다. 그 '도설圖說'에도 '일찍이 조선에 출장시 하쿠보白茅, 1870년 2월에 초량 왜관에 도착하여 20여 일간 대한 교섭을 벌였으나 별 효과 없이 귀국가 동국의 전도를 베껴 왔으므로, 지금 그 원도에 근거하여 작도作圖를 참고 교정하여 만든 전도임'이라고 되어 있다. 이 지도는 앞의 김인승이 수정한 지도보다 훨씬 부정확하다. 지도 형태도 지금의 한국 형태와 달라, 특히 이북 지방이 너무 작게 그려져 있고 한자에 한국음도 달려 있지 않다.

김인승이 수정한 『조선전도』는 그리피스William Elliot Griffis의 『은자의 나라 조선COREA, The Hermit Nation, London, 1882』의 별첨 지도의 원본이 되기도 하였다. 『은자의 나라 조선』의 원본은 육군성Japanese War Department의 재판 지도를 축소 인쇄한 것으로, '조선 학자 김인승의 교정을 받은 것corrected by the Corean Scholar Kin Rinshio'이라고 '긴린쇼김인승의 일어 발음'의 실명을 분명히 밝히고 있다.

일단 『계림사략』의 완성을 뒤로 미루고 지도 작성이 끝나자 하야시는 다시 『계림사략』의 저술을 시작하였다. 세와키와 하야시의 집념은 존경해 마지않을 정도로 집착이 대단하였다. 하야시는 하루에 다섯 시간 이상은 잠을 잔 적이 없다. 오히려 김인승은 잠을 좀 느긋하게 자고 일어나도 그때까지 하야시는 책을 저술하고 있었다. 두 달 가까이 하야시는 필사적인 시간을 소진하여 탈고하였다.

"이 책의 서문은 김 선생님이 써 주십시오."

"네? 하야시 상이 쓰셔야지 왜 제가 씁니까?

"아닙니다. 이 책은 김 선생님이 아니었다면 처음부터 이루어질 수 없는 벅찬 작업이었습니다."

"그래도 저자인 하야시 상이 쓰셔야지요."

"아닙니다. 부탁합니다."

이렇게 하여 서문은 김인승이 붓으로 직접 쓴 것이고 자기의 견해까지 가미하여 쓴 친필 글씨를 그대로 복사 인쇄하여 서문을 대신하였다.

지난해1875 4월(음) 외무성 7등출사 세와키 공이 러시아의 동부에 출장 나왔을 때, 나도 마침 그곳에 유력遊歷하고 있었다. 다행히 공의 덕분으로 멀리 일본까지 건너오게 됐고, 도쿄에 머무르는 동안은 가가와 현의 사인士人 하야시 도오케이젠林道卿善과 함께 기거하였다. 그는 문장력이 좋고 사물에 능통하였다. 나와 한가로이 필담할 때면 자기의 포부를 피력하기도 하고, 나의 막힌 가슴을 뚫어 주기도 하였다. 그리고 많은 조선의 일을 질문하였는데, 그럴 때마다 나는 아는 대로 들은 대로 대답하여 주었다. 어느 날, 하야시 씨는 소매에서 책자 한 권을 꺼내 나에게 보여 주면서, 이것이 새로 펴낸 『계림사략』 상하편이라고 하였다. 책을 열어 보니 세와키 공과 하야시 씨가 공동 편찬한 것으로 되어 있다. 조선의 전적과 제서諸書를 참작한 외에 나에게 질문했던 것들을 첨가하여 편찬한 것이었다. 나는 그 섬세하고 치밀함을 보고 망연자실하여 말할 바를 잃고 말았다…….

이 책은 당시 조선 전국의 산천, 기후, 군명, 역명, 도로, 교량까지 자세히 기술되어 있고, 특히 병제에 대해서는 병선, 군기, 병적들이 상세하면서도 간결하게 적혀 있다. 인명, 지명, 기관명 등 고유명사는 모두 가나로 정확한 음이 달려 있다. 이 책은 후에 한일합방이 될 때까지 대對 한국 정책에 가장 큰 지침서가 되었다.

『계림사략』까지 탈고가 되자 조촐한 식사 자리가 마련되었다. 오사카옥이 있는 겐보쵸의 한 식당이었다. 히로츠 과장과 세와키, 다케후지, 하야시까지 참석한 자리였다. 히로츠 과장이 김인승에게 말한다.

"군의 이야기는 세와키 씨로부터 들었으나 지금도 일본에 귀화하고 싶은 생각은 변함이 없습니까?"

"물론이지요. 저는 일본이 이렇게 문명국이 되어 있는 줄은 꿈에도 모르고 있었습니다. 이런 개화된 나라에서 생을 마칠 수 있다면 죽어도 한이 없겠습니다. 저의 평생 소원입니다. 제 꿈이 꼭 이루질 수 있게 도와주십시오."

세와키가 옆에서 한 마디 거든다.

"김인승의 귀화 의사는 진심입니다. 김인승의 신분에 관해서는 제가 보증하겠습니다. 황국에도 적지 않은 보탬이 되리라 사료됩니다."

"상신은 해보겠습니다만 일본의 귀화 조건은 아주 까다롭답니다."

"꼭 일이 성사되게 해주시기 바랍니다. 지금 생각해 보니 조선에 있는 제 식솔들도 데려와야 할 것 같습니다. 저에게 시간을 주시면 다시 연해주로 돌아갔다가 거기서 지신허地信墟로 가서, 거기서 아는 동지들의 협조를 얻어 훈춘을 거쳐 두만강을 건너 조선으로 진입하겠습니다. 조선에서는 한양까지 들어가서 조정의 움직임과 민정을 정탐한 후 경흥부로 와서 식솔들을 데리고 다시 러시아로 월경하였다가 일본으로 들어오겠습니다. 모든 행동은 저의 동생 다케후지와 같이 하게 허락해 주십시오."

김인승은 『조선전도』, 『계림사략』의 완성과 일필휘지하는 한문 필담의 실력으로 일본 외무성의 두터운 신임을 얻게 되었다. 기한도 연장되고 봉급도 오르게 되었다. 그의 외국인 고문 봉급은 8월부터 10월까지는 1일 1원의 일급이었는데, 10월부터 월급으로 바뀌며 그 액수도 60원으로 뛴다. 그 이유는 무엇보다도 조선어는 물론 한학, 시문이 능통하여 아주 유용한 인물이라는 것이었다. 이것은 그 안에 많은 시험을 거쳐 얻어진 결론이었다. 월 60원의 급료는 외국인 고문으로서 많은 건 아니다. 당시 외국인 고문은 대개

100~200원이 가장 많았고, 100원 이하는 10퍼센트 정도 밖에 안 되었다.

외무경 데라지마 무네노리寺島宗則가 태정대신太政大臣 산죠 사네토미三條實美에게 보낸 공문에는 김인승에 대하여 여러 가지 상세한 내용을 적고 있다.

조선인 김인승의 귀항 건에 대한 상신

금년 7월, 러시아 영지 블라디보스토크로부터 본성本省 7등출사 세와키 히사토와 함께 도래한 원 조선인, 현 러시아 국적 보유자 김인승이란 자는, 히사토壽人와 본성 6등출사 히로츠 히로노부廣津弘信로부터 여러 차례 시험을 거쳤습니다. 결과, 그의 성격은 직량直亮하고, 넓게 한서漢書에 통하고 있으며, 작문이 훌륭하여 한지韓地에서도 쉽게 구할 수 없는 인물이었습니다. 체경滯京 중에는 간절히 우리나라에 귀화하고 싶은 뜻을 비쳤습니다. 이 자가 처음 그곳을 출발할 때는 잠시 견물見物하고자 하는 마음으로 도래하였는데, 이번 동인이 일단 귀항하겠다는 뜻을 전달하여 왔습니다. 그는 러·조 국경지인 지신허, 훈춘 강변으로부터 함경으로 들어가겠다는 것입니다. 그래서 구우舊友들과 함께 서로 상의하여 그 나라 서울까지 다시 들어가, 깊이 내치의 관가寬苛를 알아보고, 외교의 개쇄開鎖, 기타 정의廷議의 현실까지 정탐하고 내년 봄에 처자를 대동하고 다시 도래하겠노라고 히로노부, 히사토에게 출원하였습니다. 이 자로 말할 것 같으면, 학사學事에 통달하고, 국내 정세에 밝아서 장차 우리나라에 유용한 인물이 될 것임으로, 재도再渡를 허가하고 귀화시켜도 가하다고 사료됩니다.

첨가하여 말씀드릴 것은, 본성이 고용하고 있는 다케후지 헤이가쿠武藤平學는 조선어가 통하고 4~5년 전부터 그곳에 체류하여서 지리, 인정을 잘 알고 있습니다. 이 자로 하여금 백사탐색百事探索하게 할 수 있으니, 출원대로 들어 주고 헤이가쿠를 대동시켜 귀항시킨다면 염려 없을 것으로 사료되어 이에 상신하는 바입니다.

메이지 8년1875 9월 23일

외무경　데라지마 무네노리寺島宗則

태정대신 산죠　사네토미三條實美 전하

이제 김인승에 관한 건은 일본 최고위층의 관심사가 되어 가고 있었으니 태정대신국무총리과 외무경의 손에서 결정해야 하는 중대사가 된 것이다.

일·러·조의 국경을 넘어서

1

태정대신의 집무실에는 태정대신 산죠三條와 외무경 데라지마寺島가 마주 앉아 있다. 태정대신이란 에도 막부의 관제로서 우리의 영의정에 해당하고, 좌의정 · 우의정에 해당하는 좌대신·우대신이 또 있었다. 아직 기구가 정비되지 않을 때 임시1871~1885로 둔 것이지만 내각제의 총리대신에 해당한다. 외무경도 내각제가 되면서부터는 외무대신으로 이름이 바뀐다. 차를 가져온 비서가 퇴실을 하자 산죠가 말을 꺼냈다.

"오늘 여기까지 오시라고 한 건 '오야토이お雇い 외국인외국인 고문' 김인승에 관하여 상의드릴 것이 있어서입니다. 보내주신 공문은 잘 받아 보았고 취지도 충분히 이해했습니다."

"네. 어떤 말씀이신지 하문해 주십시오."

"김인승에 관한 건의는, 취지는 아주 좋으나 위험성이 많이 내포되어 있다는 것을 말씀드리고 싶습니다. 만에 하나 김인승의 원래 계획이 잘못되어 조선 정부에 붙잡히는 처지에 처한다면 오히려 우리의 내부 사정이 모조리 조선 정부에 넘어갈 수가 있습니다. 또 이것도 노파심에서 드리는 말씀인데, 만에 하나 김인승 자신이 변심할 수도 있고요."

"그런 일은 절대 없을 것입니다. 김인승의 황국에 대한 충성도는 일본인도 놀랄 정도입니다. 또 본성의 다케후지 헤이가쿠武藤平學와 함께 파견하기 때문에 그가 감시 역할을 충분히 할 수 있을 것입니다. 세와키 히사토 군과 다케후지 헤이가쿠 군은 러시아에서부터 같이 온 자이고, 특히 다케후지와 김인승은 의형제를 맺고 있는 사이입니다. 그들이 김인승의 사상은 완전히 보장하고 있습니다."

"김인승이 고향을 가서 식솔들을 데리고 다시 월경하는 문제는 김인승 개인으로서는 좋은 일이나 황국을 위해서는 소득이 별로 없소. 또 그가 한양까지 가서 내치, 외교, 기타 정의廷議까지 알아 온다고 하지만 그가 알 수 있는 것은 한계가 있소. 그는 조선의 최고위층과는 손이 닿지 않을 것 아니겠소. 또 김인승이야 원래 조선인이니 한인들이 별 의심을 하지 않겠지만 다케후지는 일본인이기 때문에 아무리 조선어를 잘 하여도 신분이 발각될 소지가 충분히 있어요."

"연해주의 지신허 한인 마을 사람들의 도움을 받으려는 계획입니다."

"그것도 별로 찬성할 수 있는 일이 아니에요. 지신허의 한인들이 우리의 계획을 알았을 때 그 말이 조선에 안 들어가리라는 보장이 없소. 그래서 하는 말인데, 내 생각으로는 김인승이 황국으로 귀화하는 것보다는 러시아 국적을 그대로 가지고 활동하는 게 좋을 것 같소. 즉 그의 신분은 조선인, 황국인보다도 러시아 국적이 가장 유리하다는 생각이오."

"각하께서는 걱정 안 하셔도 좋겠습니다. 김인승과 다케후지, 세와키는 무척 신중하고 치밀하게 일을 하는 사람입니다. 만약 의외의 일이 생기면 제가 책임을 지겠습니다."

"외무경 자신이 그렇게까지 말씀하신다면야 믿을 수밖에 도리가 없지요. 그런데 더 중요한 문제가 있어요."

산죠는 좀 뜸을 들이다가 아무도 없는 넓은 자기 사무실에 누가 엿듣기라도 하는 것처럼 주위를 한 번 둘러보았다. 데라지마는 한껏 긴장을 한다.

"황국의 운요호 함선이 일주일 전에 조선으로 출발한 사실은 알고 계시지요?"

"네, 알고 있습니다. 사전에 저와 이노우에 요시카井上良馨

군과 충분한 상의를 거쳤습니다."

"표면적인 항행 목적은 조선 해안을 따라 인천, 강화도를 거쳐 중국의 우장牛莊까지 가며 해도 측량을 하는 것이지만 실제 목적은 다르다는 것도 알고 있지요? 다시 말하면, 사단을 일으켜서 그것을 기화로 조선을 개국시켜 황국의 세력권 안에 넣고자 하는 것 아니겠소? 5월 달에 벌써 부산 앞바다에서 탐색전을 펴 보았지만 조선 측 반응은 별 것 없었어요. 이번이 두 번째인데 국제공법을 모르는 그들의 약점을 잡아 먼저 우리를 공격하게 만들어서, 그것을 빌미로 완전히 우선권을 잡으려는 것이었지요. 그런데 우리의 계획대로 조선 수군이 먼저 발포를 하였고 우리 해군이 그쪽 강화도 포대를 완전히 격파했다는 소식이군요."

"저도 수시로 보고를 받고 있습니다. 이노우에 함장은 유능한 사람이기 때문에 모든 일을 실수 없이 잘 하고 있다고 생각합니다."

"알았어요. 그런데 운요호는 이삼 일 안에 곧 돌아온다면서요. 문제는 그 뒤입니다. 운요호를 공격한 책임을 묻고 조선의 문호를 여는 문제는 우리 제국의 사활이 걸린 문제요. 설 건드려서는 큰일이오. 바짝 조여서 그쪽이 꼼짝 못하고 따라오게 해야 하오. 외무경의 최대의 능력을 발휘할 때예요."

"네, 최선을 다하고 있습니다. 운요호 건은 각하와 제가 가장 최신 정보를 입수하고 있습니다. 그런데 이 문제와 김인승 고문과는……."

"그렇소. 김인승을 강화도 담판에 투입해야 되겠어요. 담판을 위해서는 우리의 문호를 개방했던 페리 제독의 위엄에 해당하는 병력을 파견해야 하오. 전권대신들이 텐노 폐하를 알현하여 또 한 번의 허락을 받아야 할 일이 남았어요. 9월 1일 어전 회의에서 군함을 파견하는 것은 윤허를 받았지만 구체적인 인력이나 규모, 무력 시위 등은 이제부터 우리 둘이 결정하여 윤허를 받게 해야 하오. 그런데 이렇게 중차대한 문제를 앞에 놓고 있는데 우리가 조선 사정에 그리 밝지 않다는 약점이 있어요. 대마도 소씨宗氏 산하에는 조선통들이 많아 조선어도 능통하고 조선 내정도 밝다고는 하지만 최근 몇 년간은 조선과 완전 두절된 상태 아닙니까? 그들이 아는 조선어와 조선 사정은 한계가 있어요, 누가 뭐래도 김인승한테는 따라가지 못할 것이오. 김인승이 자문하였다는 『조선전도』와 『계림사략』은 나도 벌써 초고를 보았어요. 그런 정도의 인물이 자문을 해야겠어요. 동의하십니까?"

"네, 동의합니다."

"그래서 하는 말인데 김인승도 담판에 투입하고 이번에

지신허, 훈춘을 통하여 조선 내지까지 가서 정의를 정탐하고 가족을 데려오겠다는 계획인데 그 김에 김인승 정도의 지식인을 한 명 더 대동하고 오게 하면 어떻겠소."

"아주 좋은 생각입니다. 김인승과 다케후지에게 그렇게 지시를 내리겠습니다."

"실수 없이 잘해 주시리라 믿습니다. 그런데 모든 일은 속도가 중요합니다. 즉 담판차 함선이 조선으로 출발하기 전까지 모든 일을 다 완수하여야 합니다."

"담판을 위한 함대는 언제쯤 파견하면 좋겠습니까?"

"늦어도 내년 초 1, 2월에는 출발을 해야 합니다"

"그렇다면 김인승 건은 그 안에 마무리를 짓겠습니다. 두 달 정도면 충분하리라 생각합니다. 심려 놓으셔도 되겠습니다."

"외무경을 믿겠습니다."

"네, 알겠습니다. 각하!"

데라지마가 집무실을 나오자 집무실 앞 응접실에서 대기하고 있던 서무국장 후루사와 쓰네노리吉澤經範와 서무국장 직무대리 미야모토 코이치宮本小一가 일어나 데라지마에게 깊이 인사하고 모시고 밖으로 나간다.

김인승의 조선 담판 투입 건은 미야모트 코이치와 세와키를 통해서 김인승에게 자세히 설명되었고 김인승은 좋아서 어찌할 바를 몰라 했다.

9월 19일에 이노우에 요시카井上良馨 해군 소좌가 이끄는 운요호는 조선 해협으로부터 청국 요동의 우장까지 해도 측량을 한다는 구실로 월미도에 출현하였다. 국기를 단 운요호의 표면적 이유는 급수였다.

20일에는 보트端艇를 탄 무전병 14명이 정찰이란 목적으로 강화도 초지진과 주위 2개 포대 진영을 오가던 중 초지진 앞에서 조선병의 공격을 받는다. 이에 즉시 응사하였으나 소총으로 싸우기가 힘들고 빠른 조류 때문에 상륙할 수도 없어서 30분간 교전한 뒤에 사격을 멈추고 본함으로 돌아왔다.

21일에는 어제의 곤욕을 설욕한다는 의미에서 오전 중에 포대에 접근하여 약 2시간 동안 접전하였다.

조선 측 장비는 구경 12센티미터 이하, 사정거리 7백 미터 이하의 저급한 대완구포大碗口砲로 명중률이 낮으며 설사 명중된다 하여도 포탄 자체는 폭발하지 않기 때문에 위력이 없었다. 이에 반하여 일본은 명중률이 정확한 110근 및 40근의 함재포艦載砲를 장비하고 있었다. 일본의 의도대로 조선에서 먼저 포격을 가하였으므로 마음 놓고 초지진 포대를 완전히 격파해 버렸다. 오후에는 인적이 없어 보이는 제2포대로 상륙하여 불을 지르고 저녁에 응도鷹島 앞 원양으로 나와 정박한다.

22일에는 새벽부터 돛을 올리고 영종성永宗城을 향하여 제1포대를 공격하였다. 성곽 정면에 닻을 내리고 무장병 22명이 2척의 보트로 상륙을 시도하였으나 조선 측으로부터 포사격이 심하자 수병들은 소리를 지르며 돌진하여 갯벌이 얕은 곳으로 상륙에 성공한다. 두 병사가 성문을 기어오르는 것을 신호로 사관들은 수병을 이끌고 진격 나팔을 불며 북문, 서문, 동문으로 기습적으로 병진하여 성문을 돌파하여 영종도를 점령했다.

이로써 조선병 사망자는 35명, 생포 16명, 일본 수병은 2명이 부상이었다. 조선병의 도망자는 첨사 이민덕李敏德 이하 4백~5백 명이었다. 운요호는 동문의 암산岩山 상봉에 일본 국기를 걸고 만세교萬世橋. 조선병 도주로 가에 척후병을 배치하고 일단 휴식을 취했다.

현재 영종도 선착장이 있는 곳이 '영종도'이고, 현 공항이 들어서 있는 곳이 '자연도紫燕島'였다. 두 섬을 이은 만세교는 물이 빠지면 드러나고, 물이 차면 잠기는 잠수교였다. 지금의 영종도는 바다를 메워 만든 하나의 섬이지만 그때는 바다를 사이에 두고 만세교로 이어진 두 개의 다른 섬이었다.

휴식이 끝나자 본함에서 병사를 보내서 대포 36문, 화승총 130정을 포함한 검, 기旗, 군복, 병서兵書, 악기 등을 약탈하여 생포한 조선인을 시켜 보트로 본함에 운반시키고 생포자는 방면했다. 임무를 완성한 운요호는 우장은 가지도 않고 28일 새벽 8시에 나가사키에 귀항했다.

소위 운요호사건의 시말은 이와 같았다.

바로 4년 전의 신미양요 때는 미국의 침략을 물리치고, 9년 전 병인양요 때는 프랑스의 침략을 물리치던 조선 수병이 이처럼 무력하게 단 한 척의 일본 함선에 의하여 무너져 버린 것은 웬일일까. 그것은 무엇보다도 대원군의 실각에 원인을 두어야겠다. 강력한 힘을 발휘하던 지도자가 물러나고 나약한 민씨 척족 세력이 들어서자 국민적 전투력이 해이해진 것이었다.

2

가사노 상사의 러시아 상선 쿠리엘호는 나가사키에서 김인승과 다케후지를 태우고 블라디보스토크를 향해 출발하였다.

블라디보스토크에서 같이 왔던 종업원 하라다 모키치原田茂吉, 고와타야 코키치木綿屋幸吉, 아리타 이노스케有田伊之助가 모두 승선하고 있었고 그때 같이 왔던 용인 몇 명도 눈에 띈다. 서로 구면이어서 반갑게 인사를 하고 이번에는 거꾸로 블라디보스토크를 가니 잘 부탁한다고 인사를 나누었다. 종업원들은 벌써 자기들 동료였던 다케후지가 정식 외무성 직원이 되었으며 또 초대 일본 무역 사무소 직원이 될 것이라는 소식을 들었는지 대우가 깍듯하다.

자기들은 임대한 블라디보스토크의 영국인 제니의 집으로 물품을 옮길 것이라고 하고 이번에도 일제로 장사가 될 만한 물건들을 가득 싣고 가는 중이라고 하였다.

꼬박 5일이 걸려서 블라디보스토크 항구에 도착하였고, 니코리스크 추풍 마을에 들어선 것은 초저녁 무렵이었다.

김인승과 다케후지는 약속하였다. 추풍과 지신허에서는 김인승 가족을 데리러 조선에 잠입한다는 말만 최소 인원에게 말하기로 하였다. 추풍에서는 가족을 추풍에 남기고 다시 일본을 갔다 온다는 사실을 미리 이야기하고, 지신허의 유병모 훈장에게만은 따로 일본을 같이 가자는 제안과 함께 일본에서 조선 개국에 관해서 외무성에 협조해야 할 일이 있을 것이라는 것을 넌지시 언급해 두기로 하였다.

다행히 마을로 들어서며 아무도 만나지 않았다. 조용한 러시아의 한인 마을에 두 사내의 발걸음 소리가 들리자 졸린 눈이 떠졌는지 동네 개 두어 마리가 늑대 울음마냥 곡조를 뽑아 하늘을 향해 울부짖고 있다. 김인승의 서당 방에는 김학우가 공부를 하는지 불이 켜져 있고, 옆집 경원댁은 저녁 설거지를 하는지 달그락거리는 소리가 정겹다. 김인승은 방문을 조심스럽게 두들겼다.

"학우야, 학우야!"

"누구십니까. 아이쿠! 작은아버지 아니십니까."

김학우는 문을 열고 깜짝 반기며 김인승을 맞이한다.

"다케후지 씨도 오셨군요."

"쉿, 조용히 해라. 떠들 일이 아니다."

"학우 씨 그간 편히 계셨습니까. 동네 어르신들도 모두 무고하십니까."

다케후지도 인사를 한다.

방 안으로 들어간 김인승과 다케후지는 김학우에게 오늘 저녁 가족을 데리러 월경 준비차 출발을 해야 한다고 말하였다. 김학우는 경원댁이 얼마나 걱정스럽게 작은아버지를 기다리고 계신지 모른다며 지금 당장 경원댁을 모셔 오겠다고 한다. 김인승은 그리하라 하며 단 남이 알지 못하도록 조용히 하라고 당부하였다.

김학우로부터 미리 대충 이야기를 듣고 달려온 경원댁은 반가움과 서운함이 범벅이 되어 울음부터 터트렸다.

“일본에 가실 때부터 무엇인가 저에게는 안 좋은 일이 있을 것이라고 생각이 들었어요. 사실로 다가왔네요.”

“경원댁! 가족을 데려와도 우리 서로 사이좋게 이웃하며 살기로 합시다.”

“그럴 필요 없구만요. 그렇지 않아도 수이푼 강가에 빈집이 한 채 있다고 들었구만요. 다시 조선으로 들어간 사람 집이라는데 지금 비어 있다니까 그곳으로 이사 가서 살면 되겠네요.”

“저희들은 김 선생님 가족을 모셔 와서 이곳에 안착시키고 다시 일본에 가서 좀 더 있다가 추풍으로 돌아올 것입니다.”

다케후지가 설명을 한다.

이때 이쁜이도 뒤따라와서 인사를 한다.

“선생님 일본에 잘 다녀오셨어요? 일본 좋아요?”

“그럼 잘 다녀왔다. 이쁜이가 몇 달 사이에 더 똑똑해진 것 같구나. 일본은 동양에서 제일 잘사는 나라란다. 우리나라도 일본처럼 잘 살고 강한 나라가 되어야 한다.”

이쁜이는 알아들었는지 못 알아들었는지 김인승의 얼굴

을 우러러보고 있고 경원댁은 다케후지의 얼굴을 한 번 본다. 다케후지만 없으면 일본에 대하여 무엇인가 할 말이 있는 모양이다. 그러나 이제 와서 말해서 무엇하랴 하는 심정으로 꿀꺽 삼킨 것 같았다.

지신허 마을에 김인승과 다케후지가 들어선 것은 새벽녘이 다 되어서이다. 블라디보스토크에서 15킬로미터쯤 남쪽으로 가면 지신허강이다. 이 강을 중심으로 널따란 평원이 펼쳐진다. 맨 위쪽 주요 거주지가 상지신허, 우측은 중지신허, 그 아래쪽 즉 하천의 하류는 하지신허이다. 조선에서 흔히 볼 수 있는 연약하고 의심 많으며 위축된 농민들의 특징이 이곳에서는 솔직함과 독립심을 가진 모습으로 변하여 있었다.

가장 큰 상지신허에서 훈장을 하고 있던 유병모는 함흥이 고향인 파계승이다. 함흥근교의 설봉산 귀주사歸州寺의 스님이었는데 그의 품은 뜻과 언동이 보통 스님과는 달랐다. 항상 혁명적인 말을 하고 사회 개혁을 논하여 많은 사람의 주목을 받았다. 병법에도 일가견이 있고 태껸에도 고수여서 한때 제자들을 두고 수련시킨 적도 있다.

귀주사는 이성계가 조선을 개국하기 전에 이곳에서 공부하였다고 하여 조선 왕실의 보호를 받던 사찰이다. 그런데 흉년이 오고 인심이 흉흉하면 항상 유언비어가 난무하기 마련인데, 평소에 혁신적인 말을 하기를 좋아하던 스님인지라 약간의 유언비어만 있어도 그것이 귀주사의 우암愚庵, 유병모의 호에게서 나왔다고 하였다.

원래 『정감록』과 같은 예언서는 거의 읽은 사람이 없다. 그러나 왕조 비판적인 말이나 난리가 난다는 말은 『정감록』에 적혀 있다고 하면 큰 파급 효과를 얻곤 하였다. 남쪽에 『정감록』이 있다면 북쪽에는 『송하비결松下秘訣』이란 책이 있었다. 『송하비결』은 헌종 때 평안도에서 태어난 송하란 노인이 조선의 미래를 2천 8백 자의 사자성어 형태로 암시해 놓은 예언서였다. 그 안에 '기시오신其時五神'이란 말이 있는데 농민들은, '그 시기'가 오면 '오신'이 나타나 혼탁한 왕조를 몰아내고 새 세상을 열 것이라고 해석했고 그것은 우암이 일러준 것이라고 하였다.

『송하비결』의 '기중서악其中庶握, 수화지간水火之間, 수출서물首出庶物, 만국성인萬國聖人'이란 말도, "서민의 지지를 받은 사람이 환란 가운데서 나타날 것이다. 서민 가운데서 나타난 그 우두머리가 바로 만국성인이다."고 해석했고 역시 우암이 그렇게 말했다고 하였다. 『정감록』의 '정도령'처럼 『송하비결』의 '만국성인'은 못 살고 핍박받은 농민들의 유토피

아였다. 유병모는 자의건 타의건 관헌의 주목을 받게 되었고 곧 관헌이 포박을 하러 온다는 소문이 자자했다. 주지 스님이 유병모를 불렀다.

"우암! 항간에 퍼진 유언비어가, 들리는 소문에 의하면 모두 우암이 퍼트렸다는데 사실이오?"

"스님도 참……. 제가 그런 유언비어를 퍼트릴 리가 있습니까?"

"나도 그렇게 믿습니다만 『송하비결』이란 허망된 요언을 우암이 마음대로 해석해서 퍼트린다는 말이 있어서요."

"법문의 사람이 어찌 그런 참언을 믿을 리 있겠습니까."

"들리는 소문에 의하면 관아에서도 우암을 주목하고 있다고 합니다. 내 생각인데 우암은 하산하시는 것도 괜찮다고 생각합니다. 어차피 법문에는 깊이 빠져들 사람이 아니라고 생각이 드오만."

"잘 보시기는 한 것 같습니다. 아무래도 법문에는 깊이 들어갈 수 없는 사람이라고 스스로도 생각하고 있습니다. 그러나 항간의 요언을 퍼트린 적은 없습니다."

이어서 관아의 동태에 관하여 여러 경로를 통하여 듣게 되었고 곧 오라를 받을 것이라고 구체적인 말을 일러준 사람도 있었다. 관아에는 일단 끌려가면 죽어 돌아올지 살아 돌아올지 아무도 모른다. 재판은 누가 뭐래도 원님 마음대로 하는 것이다. 유병모의 처도 어디서 들었는지 무슨 일을 당하기 전에 이참에 사람들과 같이 러시아로 탈출하자고 제안하였다. 그래서 1866년 1백여 명이 국경을 넘을 때 유병모도 가솔과 함께 월경하여 지신허에 안착한 것이다.

지신허에 오자 주위 사람들이 알아보고 글을 가르쳐 달라는 사람이 많아 자동적으로 훈장을 하게 되었다. 한 해 늦게 추풍에 도착한 김인승은 막 와서부터 유병모란 인물의 소식을 들었고 몇 차례 만난 적도 있었다. 유병모는 사회 울분증을 가지고 있는 사람으로 담이 크고 세상을 꿰뚫어 보는 안목을 가지고 있는 범상을 초월한 인물이었다.

김인승과 다케후지, 그리고 유병모는 찐 고구마에 엽차 한 잔씩만 앞에 놓고 앉았다. 날도 새기 전에 선잠을 깨워 미안하다는 말과 일본 외유를 하자는 제안, 그리고 경흥의 가족을 데리러 두만강을 건네야 한다는 말을 듣고 유병모는 말했다.

"이렇게 꼭두새벽에 찾아온 이유를 알겠습니다. 먼저 무사히 가족을 모시고 월경해 오시기 빌겠습니다. 일본을 견문하자는 말은 나로서는 찬성 중의 찬성이오. 그렇지 않아도 외국의 문물을 일견하고자 하는 오랜 소망이 있었는데 김공이 그 갈증을 해소해 주시는구려. 또 이렇듯 훌륭한 일본인 동생을 두었으니 부럽기도 합니다. 더구나 현재 일본 외무성 관원이고 곧 이곳의 무역 사무소로 부임할 것이라고 하니 우리 조선인도 많은 도움을 받을 것 같구려."

"그럼 먼저 제가 두만강을 넘을 때까지 길을 안내해 주시기 바랍니다. 유 선생님이 월경했던 길을 택하고 싶습니다. 제가 가족을 데려오는 데는 빨라도 스무닷새는 걸릴 것입니다. 유 선생님께서는 스무닷새 후에 일본으로 갈 차비를 해 두시기 바랍니다."

이어서 다케후지가 유병모에게 말한다.

"세와키 히사토 님도 무척 기뻐하실 것입니다. 일본에 오시게 된 것을 경하해 마지않습니다."

김인승이 또 유병모에게 말한다.

"전에 세와키 백부와 블라디보스토크에서 얘기할 때, 세와키 백부께서 러시아에 조선인 지식인이 있느냐고 물어서 지신허에 유병모 같은 사람도 있다고 이야기했던 기억이 납니다."

김인승과 다케후지의 얘기를 듣고 있던 유병모는 새로운 사실을 알았다는 듯이 말한다.

"김 선생님은 다케후지를 의동생 삼으셨다고 들었습니다

만 세와키 씨와는 부자지간이 되셨습니까?"

"아버지는 아니지만 나이로 보나 지식으로 보나 제가 너무나 존경할 만한 분이어서 백부님이라고 부르고 있습니다."

"부럽습니다. 나도 그처럼 일본에 친한 사람이 있었으면 좋겠습니다. 조선도 러시아나 일본처럼 문명대국이 되어야 합니다. 지금 일본은 벌써 서구 열강과 어깨를 나란히 할 수 있는 수준에 와 있다고 들었습니다. 같은 동양인데 어떤 나라는 서양 제국과 실력을 겨룰 수 있는 나라가 되고 어떤 나라는 지금도 깊은 잠에 빠져 있군요. 지금이 어느 땐데 아직도 우리 조정에서는 쇄국을 주장하고 당파 싸움만 하고 있으니 한심스럽기 그지없습니다. 조선도 하루 속히 개국을 해야 합니다. 같은 동양인 일본의 도움을 받아야 합니다."

다케후지를 보면서 하는 유병모의 말을 듣고 김인승은 생각하였다. 외무성의 협조 문제나 운요호 담판 문제는 꺼낼 필요도 없다. 유병모가 앞질러 개국을 주장하고 일본을 흠모하고 있으니 일단 일본에 같이 가기만 하면 되는 것이었다.

조선에 잠입한 친일 1호

1

유병모의 뒤를 따라 훈춘까지 온 김인승과 다케후지는 안내하는 대로 훈춘 강가에 자리한 어느 독립 가옥으로 들어섰다. 개인 집답지 않게 마당이며 방들이 널찍하며 어딘지 모르게 윤택해 보이고 일하는 인원도 여러 명인 모양이었다. 그 곳은 조선인 어부 차만덕의 집인데, 그는 명색이 어부이지 실은 두만강을 건너는 조선인에게 길을 안내하는 것이 본업으로 되어 있었다. 조선에서 청국이나 러시아로 월경하는 사람들에게 투숙을 시키고 길을 안내하며, 러시아나 청국에서 조선으로 잠입하는 사람에게 역시 은밀한 건널목으로 안내하여 직접 노를 저어 접안시켜 주었다. 훈춘은 청국 땅이지만 러시아인도 상당수 혼거하고 있었고 조선인은 중국인보다 더 많았다. 유병모가 처음 월경해 올 때도 그 많은 인원 중, 일부는 인맥을 찾아 개인적으로 떠나고 나머지는 차만덕이 자기의 연줄을 통하여 모두 분산 투숙시키고, 청국에서 러시아로 넘어가는 길을 일러주고 지신허로 들어가는 길을 안내했던 인물이다.

"주인장 계십니까?"

"아이쿠, 어서 오십시오. 벌써 기별이 왔어서 지금쯤 도착할 것이라고 기다리고 있습니다."

"나를 알아보시겠습니까?"

"알다마다입니까? 조선 이주민치고 유병모 어르신을 모르는 사람이 있습니까?"

"소개하겠습니다. 이분은 김인승 어르신이고 이 분은 김인승 어르신의 동생인 김인철입니다."

"안녕하십니까."

"안녕하십니까."

유병모는 약속대로 다케후지를 조선인이라고 말하기로 하였고 김인승의 친동생으로 가장하였다. 유병모는 김인승 일행이 조선으로 들어가는 것만 말을 하고 들어가서 무엇을 하고 다시 월경해 올 것이란 것 등은 일체 말하지 않았다. 차만덕의 입장에서도 그런 것을 모르는 것이 차라리 후환을 없애는 방도이기도 하였다.

훈춘은 원래 조선의 영토이다. 옛 이름은 대팔둔大八屯, 따빠툰으로서 훈춘강 유역에 입지하여 훈춘령 동쪽으로 러시아와 접하고 서남쪽으로 두만강과 접하여 조선의 온성, 경원, 경흥과 마주하고 있다. 19세기 중엽에 들어 중국의 봉금령封禁令과 조선의 월경 금지가 소홀해지고 함경 농민들의 두만강 월경 농사가 시작되면서 훈춘은 그 징검다리 역할을 하게 되었다.

차만덕과 유병모는 두만강에서 만날 시간과 장소를 정하고, 차만덕은 심부름꾼 한 명과 함께 먼저 떠났다. 유병모와 김인승, 다케후지는 차만덕의 널찍한 사랑방에서 잠을 한숨씩 너끈히 자고 풍성한 저녁을 얻어먹고 출발하였다.

만나기로 한 흑정자黑頂子까지는 훈춘에서 90리 길이었다. 왼쪽으로 러시아 국경을 끼고 오른쪽으로 두만강을 그리며 남으로 남으로 걸어 내려왔다.

도중에 청국이건 러시아건 관원을 만나면 일이 꼬일 수 있기 때문에 눈을 피하는 것이 상책이었다. 그들이 흑정자에 다다른 것은 새벽 2~3시가 될 무렵이었다. 이 시간은 모든 동물은 잠에 취하고 산천초목도 엎드려 쉬는 시간이다. 전쟁하는 쪽에서는 야습하기에 가장 좋고 남몰래 떠나고자 하는 자에게는 야반도주하기에 최적의 시간이다.

으스름달밤에 버드나무 아래 묶여진 한 척의 배가 김인승 일행을 기다리고 있었다. 일행이 재빠르게 배에 오르자 차만덕과 심부름꾼은 지체 없이 노를 저었다. 이곳의 두만강은 전에 김인승이 월경했던 화견봉과는 달랐다. 강도 넓고 물살도 빨랐다. 배는 사선으로 떠내려 가며 조선쪽 강둑을 겨냥해 미끄러졌다.

"몸조심하십시오. 하고자 하는 일이 모두 이루어지시기 빕니다."

차만덕이 노를 저으며 기원하듯 말하자 유병모도 은빛 쏟아지는 물살을 배경으로 김인승을 바라보며 말한다.

"모든 일이 순조롭게 되기를 빕니다. 또 뵙겠습니다."

"감사합니다. 덕분에 무사히 조선에 가게 되었군요."

김인승은 올 때 어느 길을 택하겠다는 말은 유병모에게도 하지 않았다. 비밀 유지도 필요하며 또 이번은 유병모의 협조를 필요로 했기 때문에 유병모가 이용했던 지신허, 훈춘, 흑정자, 경원의 경로를 택하지만 가솔을 데리고 월경할 때는 전처럼 화견봉 길을 이용하려고 마음속으로 작정하고 있었기 때문이다.

두 사람을 조선 강안에 토해 내고 다시 세 사람이 탄 배는 즉시 청국 강안으로 비스듬히 떠내려 가고 있었다. 흑정자에서 두만강을 건너 가로지르면 경흥까지는 20리 밖에 안 되는 거리이다. 그러나 조선 관헌의 눈을 피하기 위하여 흑정자에서 상류 쪽으로 상당히 오른 지점이기 때문에 거리는 꽤 멀게 느껴졌다. 김인승과 다케후지는 조선 쪽 강둑을 걸어서 경원가도에 이르렀다. 여기서부터 무작정 남쪽을 향해 걸었다. 큰길보다는 샛길을 이용하였고 샛길이 끊기거나 다른 쪽으로 구부러질 때는 다시 경원가도의 큰길을 탔다. 산밑 들판이 끝나는 지점에 마침 빈 농막이 있어서 그곳에 들어가 한숨 눈을 붙이고, 옷을 갈아입고 경흥 변두리의 어느 주막에 도착하였다. 이른 점심때인데도 한 무더기의 손님이 탁주를 한 잔씩 걸치며 이야기 꽃을 피우고 있었다.

"이보쇼. 우리 병사들은 도대체 무얼 하고 있었답니까? 그까짓 왜놈의 배 한 척을 이기지 못하고 우리 수군이 박살이 났다면서요."

"그러게 말이에요. 바로 4년 전만 해도 미리견국美利堅國, 미국도 물리치던 병사들이 왜 갑자기 약해졌는지 이해가 가지 않아요."

"4년 만에 완전히 맥이 빠져 버리고만 거지 뭐. 그런 여우같은 민비가 나라 주인 노릇을 하니 병사들이 힘이 나겠소?"

"맞아요. 대원위 대감을 다시 모셔 와야 해요."

김인승은 관심이 없는 척하며 얘기를 들었고 주모를 불러서 식사 주문을 하였다.

"주모! 닭비빔밥 됩니까?"

"예, 됩니다."

"꼬장떡도 있습니까?"

"꼬장떡도요? 있기야 있지요, 예."

주모는 신이 난 모양이었다. 이번에는 다케후지가 주문을 한다.

"농태기도 있습니까?"

"예, 있지요. 드릴까요?"

"네, 두 되만 주십시오."

다케후지가 농태기 맛을 안 것은 바로 추풍의 한인 마을에서 생활한 덕분이다. 한인들의 식사 초대에 가면 으레 농태기가 나오기 일쑤였고 그 강도는 탁주보다 셌다. 옥수수로 만들기 때문에 약간 노란색을 띠고 있으며 은은한 향에 구수한 누룽지 같은 맛을 지니고 있었다. 그 맛에 다케후지는 아주 익숙해져 있었다. 그리고 추풍의 아랫동네에 과수댁이라는 함경도 가정식 술집도 있어서 한 잔씩 걸칠 수도 있었다. 김인승이 닭비빔밥과 꼬장떡을 시킨 것은 오랜만에 고향 음식을 먹어 보고 싶었고, 다케후지에게 정말 본토에서 조선 음식을 한번 먹어 보라는 대접이기도 하였다.

주모는 김인승과 다케후지를 한참 들여다본다. 이 가난한 흉년에 닭고기 비빔밥, 꼬장떡, 농태기를 시킨다는 것은 여간 호사가 아니기 때문이다. 한참 있다 나온 닭비빔밥은 참으로 일품이었다. 맨 밑에 밥이 있고 그 위에 콩나물이 있고 그 위에 닭고기가 얹혀 있는데, 닭살은 결대로 손으로 찢어서 양념을 하였기 때문에 담백하면서도 짭조름하였다. 비빌 때는 닭육수를 한두 큰 술씩 뿌려 가며 비빈다. 김인승은 오랜만에 함경도 음식을 먹고 고향 산천을 보니 감개무량하기 그지없었다. 6년 전 두만강을 건널 때 이제 다시 고향땅을 밟지 못할 수 있다고 생각하고 손에 잡힌 마른 버들개지 잎을 한 움큼 훑어서 괴나리봇짐에 넣어 두었던 일을 회상하였다. 조롱박에 농태기를 따라 다케후지와 건배하였다

경흥에서 고향 웅기까지 해안선을 따라가면 상당히 멀다. 경흥에서 고읍古邑까지 30리, 고읍에서 증산甑山까지 20리, 증산에서 화견봉까지 10리이며, 화견봉에서 조산, 서수라를 거쳐 웅기까지 가려면 다시 90리 길은 걸어야 한다. 그러나 경흥에서 웅기로 가로지르면 70리 길 밖에 되지 않으니 그 길을 택하기로 하였다.

2

김인승은 웅기의 고향 사회리가 가까워 오자 가슴이 두근거려 마구 집으로 들어갈 수가 없었다. 아, 얼마나 꿈에 그리던 사회리이던가. 계산해 보니 열네 살 먹었던 큰아들이 벌써 스무 살, 열한 살 먹었던 둘째아들이 열일곱, 일곱 살 먹었던 셋째딸이 열세 살이나 됐다. 부인은 얼마나 나를 원망하며 살았을까.

예전에 집을 떠날 때 내려다보던 삼밭으로 올라갔다. 큰방 하나만 불이 켜져 있는데 집이 무척 초췌해 보였다. 그래도 자기가 떠난 후 멸문의 화는 당하지 않은 모양이다. 아내는 아들딸과 무슨 얘기를 나누고 있는 듯하더니 딸내미의 약간 반항기 어린 소리가 들린다. 큰아들이 끼어드는지 조금 큰 소리가 들린다. 이어서 조용해지는 것을 보니 약간의 의견 충돌에 불과한 모양이니 다행한 일이다. 김인승의 지시를 받고 다케후지가 삐거덕 대문 여는 소리를 내며 마당으로 들어섰다.

"계십니까?"

"누구세요?"

인기척에 문을 열고 나온 김인승의 아내 시촌댁은 어느

낯선 사내가 마당 가운데 서 있는 것을 보고 섬뜩 놀라는 표정이다. 다케후지는 큰 소리가 나지 않게 해서 옆집이나 길 가던 사람이 모르게 하라는 김인승의 당부대로 행동했다.

"여기가 김인승 어르신 댁 맞지요?"

"네 그렇습니다만, 댁은……?"

"저는 김인철이라고 합니다. 김인승 어르신의 의동생입니다. 처음 뵙겠습니다."

다케후지가 깊이 허리를 굽혀 절을 한다. 자기도 모르는 사이에 일본식으로 너무 허리를 숙여 버리고 말았다. 의아해하는 시촌댁에게 동네 사람들이 알면 득 될 게 없으니 큰 소리가 나지 않게 하라고 당부하고, 김인승이 지금 여기 와 있다고 넌지시 말하였다. 어느덧 마당의 나그네와 말하고 있는 어머니를 따라 나온 아들딸들도 아버님이 여기 와 계신다는 말에 일제히 기겁을 하고 놀란다.

"네?"

다케후지가 조용히, 조용히 해 달라는 당부로 손가락을 입에 대고 쉬쉬하며 대문 쪽을 바라본다. 이윽고 어둠 속에서 김인승이 나타났다. 그리고 어서 방으로 들어가자는 손짓을 하며 걸어온다. 남루한 차림의 식구들은 헛것을 보지나 않았나 눈이 휘둥그레 바라보고만 서 있다. 어서 방으로 들어가자는 신호도 아랑곳없이 갑자기 장승이 된 듯 서 있는 식구들을 뒤로 하고 김인승이 먼저 방으로 들어갔다. 그때야 식구들이 방 안으로 따라 들어온다. 태범, 태수가 큰절을 하고 이어서 순덕이가 큰절을 한다. 시촌댁은 서서 훌쩍훌쩍 울고만 서 있다. 김인승이 일어나서 시촌댁의 손을 잡고 아랫목으로 앉히자 아들딸이 일제히 같이 앉으며 손을 잡고 "아버지!"를 연발한다.

"고생 많이 했지요? 너희들에게도 할 말이 없다. 그때 끌려가서 고초나 당하지 않았소?"

"왜 고초를 당하지 않았겠어요? 나도 끌려가고 백부님도 끌려갔구먼요. 나는 여자고 어린 것들이 있다고 해서 반 년 만에 풀려났지만 백부님은 일 년도 넘게 옥살이를 하고 곤장도 맞고 집안이 풍비박산이 났구먼요. 백부님은 그때 맞은 곤장 독이 퍼져 지금도 누워 있구만요. 참 학우도 잘 있어요?"

"정말 고생 많이 했구려. 학우는 연해주 추풍에 나랑 같이 살고 있소. 큰아버님을 무슨 낯으로 뵐까 모르겠소. 참, 당신 시동생을 소개하리다. 내 의동생이오. 너희들 작은아버님께 인사드려라."

삼남매가 일어나 일제히 다케후지를 향해 큰절을 한다.

"이 동생은 일본인이오. 추풍에서 나랑 같이 살면서 내가 보살펴 주었고, 같이 일본에 갔다 왔는데 줄곧 나를 돌보아 주었소. 지금 이야기를 다 하려면 너무나 기오."

식구들은 일본인이란 말에 또다시 "네?" 하고 일제히 놀란다. 김인승은 자기와 다케후지는 한양을 다녀와야 할 일이 있다는 말과 한양을 다녀온 스무닷새 정도 후에는 식구가 모두 같이 러시아로 탈주한다는 계획, 큰댁 이외에는 동네 사람 누구에게도 알리지 말 것을 신신당부하였다. 특히 관헌에서 알면 큰일 난다는 말을 강조했다.

그리고는 태범이를 시켜서 전날 경흥관아에 소장을 제출하려다 뿔뿔이 헤어졌던 원민 대표 중 아오지 원민 남필만과 풍해 원민 정찬희를 쥐도 새도 모르게 불러오도록 하였다. 기별을 받고 도둑고양이처럼 들어온 두 명의 원민과 김인승은 일단 끌어안고 감격의 눈물을 흘렸다. 그동안 당한 고초에 분을 이기지 못한 두 사람은 6년 전에 황만수의 말처럼 2년 정도 산골에 피신했다 돌아오니 정찬희의 아버님은 곤장을 맞고 곤장 독이 퍼져 벌써 세상을 떴고, 남필만의 부인은 주리를 트는 고초에 못이겨 실성한 사람이 되어 있었다. 그러나 사또가 바뀌고 세월이 가자 또 언제 그랬냐는 식으로 지금은 일단 조용해졌다고 한다. 김인승은 먼저 다케후지를 소개하고 일본국은 지금 조선을 개국시키려는 계획을 하고 있다는 지상의 비밀을 털어놓았다. 그리고 김인승 자신은 일본국 외무성 외국인 고문의 신분이며 다케후지는 현재 일본 외교관임을 설명하였다. 남필만이 말했다.

"김공이 한 일은 무조건 옳은 일이라 생각하겠습니다. 전에도 항상 그랬으니까요. 조선은 누구의 힘에 의하든 바뀌어야 합니다. 지금 세상은 급속도로 변하고 있다고 들었습니다. 이대로 쇄국만 하고 있는 것은 앉아서 죽기를 기다리는 것이나 마찬가지지요."

남필만은 삼례 소식도 들을 겸 편지를 써 줄 테니 찾아가 보라며 어떤 처신을 할 것인가는 김인승이 더 잘 알고 있으니 알아서 해 달라고 하였다.

경흥에서 한양까지 가는 길은 대로와 파발길이 있다. 대로는 국도라고도 하는 간선도로인데 전국에 '10대 대로'가 있었다. 한양~함경도 경흥까지 가는 경흥대로, 한양~의주까지 가는 의주대로, 한양~강화까지 가는 강화대로, 한양~수원까지의 수원별로, 한양~충남 수영까지의 수영별로, 한양~통영까지의 통영대로, 한양~동래까지의 영남대로, 한양~봉화까지의 봉화대로, 한양~울진 평해까지의 평해대로, 한양~해남까지의 삼남대로가 그것이다. 파발길은 따로 북발, 서발, 남발이 있는데 대개 대로와 겹치는 곳이 많았다.

이 중에서 김인승이 택하기로 한 경흥대로에는 직로에 64참경기3, 강원6, 함경55, 샛길에 10참북청에서 삼수까지을 두었다. 발참撥站은 모두 신설된 것이 아니고 상당수는 파발 제도선조30년 1597년가 생기면서 기존 역이 참을 대행하였기 때문에 역과 참이 혼용되는 것이 일반적이었다.

김인승과 다케후지는 길만 경흥대로를 이용하고 관헌은 될 수 있는 한 피하기로 하였다. 한양에 과거나 보러 감직한 선비 차림을 했다. 경흥에서 한양까지 2천 리경흥 다음의 서수라부터는 2,190리 길이니 하루에 2백 리씩 걸어서 편도 열흘을 잡고 한양에서 5일 체류, 합계 25일을 계산한 것이었다.

안변까지 온 김인승과 다케후지는 철령을 눈앞에 두고, 철령을 넘지 않고 갈 수 있는 지름길인 용지원 10리 길이 있는데도 그것을 택하지 않고, 일부러 철령 고개를 넘기로 하였다. 꼭 철령에서 조국 산천을 바라보고 싶어서였다.

아, 이 장쾌한 조국의 산천이여! 백두대간을 타고 내려온 백두산 정기가 태백산 등허리로 내려가는 길목이 철령이다. 김인승의 귀에는 문득 이항복의 시조 한 수가 진양조 장단에 맞추어 숨넘어 가는 고음으로 휘몰이쳤다.

철령 높은 봉에 쉬어 넘는 저 구름아
고신원루孤臣寃淚를 비삼아 띄워다가
님 계신 구중심처에 뿌려 본들 어떠리

이제 우리 조국은 어떻게 될 것인가. 나는 지금 조국을 위하여 훌륭한 일을 하고 있는 것이 맞는가. 그렇다, 나는 조선을 위한 지고의 사업에 참여하고 있다.

한참 생각에 잠기며 회양쯤에 이르자 맞은쪽에 한 무더기 이삿짐 행렬이 오고 있다. 달구지 네 대로 나눠 실은 짐들은 불거져 나올 정도고, 식구들이 많이 딸린 것을 보니 두서너 가족은 족히 됨직하였다. 마침 주막이 보이자 쉬어 가자며 평상에 걸터앉는 것을 보고 김인승과 다케후지도 그 주막으로 따라 들어갔다.

"어디서 어디로 이사 가는 중이십니까?"

"김화에서 두만강변으로 이사 가는 중입니다."

"왜 이사를 가는 것입니까?"

"살기도 각박한 데다가, 글쎄 일본 배 한 척에 조선 수병이 무너지는 이런 세상에서 무슨 변고가 벌어질지 어찌 알아요? 멀리 두만강쯤으로 이사 갔다가 불리하면 두만강을 넘어 노령으로 갈까 합니다."

김화라고 하면 서울에서 한참 떨어진 곳으로 포천군 영북면 자일리와 철원군 갈말읍 강포리 일대이다. 그렇다면 강화나 서울 사람들은 이들보다 더 불안해하고 있음이 분명했다. 러시아로 월경 탈주는 함경도와 평안도의 북부 지방 사람들만 하는 줄 알았더니 이제부터는 중부 지방 사람들도 하겠구나 생각했다. 한참 있으니 이삿짐 무리는 떠나가고 이어서 조촐한 양반 행차가 당도한다. 말 위의 양반은 도포에 가죽신을 신고 장죽을 물고 부채를 들었다. 견마잡이 상놈은 짚신에 하얀 머릿수건을 두르고 있다. 가까운 친구 집에나 유람지에 바람 쐬러 가는 모양이다. 이삿짐 행렬이 떠나는 것을 보고는 혀를 찼다.

"쯧쯧, 저런 무지한 백성들 같으니라고……."

무지하고 겁 많은 백성을 질타하고 있었다. 척 보기만 해도 이사 가는 것을 아는 것을 보니 전에도 저런 행렬을 보아 온 모양이다.

다케후지는 모든 것이 신기하기만 한지 전부를 기록하기에 바쁘다. 기록만으로 안 되겠다 싶으면 그림으로 소묘해 가며 끝없이 적어 가고 있었다. 일본인의 기록 문화는 누가 시켜서가 아니라 천성인 것 같다. 전에 세와키 히사토가 블라디보스토크 무역 사무소 건으로 파견되었을 때에도 4월 7

일부터 6월 14일까지 『블리디보스토크 견문잡기烏剌細窓社杜屈見聞雜誌』라는 대량의 일기체식 보고서를 일본 외무성에 제출하여 그들의 귀중한 대 러시아 자료가 되고 있듯이, 이번 다케후지의 기록도 대 조선 자료의 금쪽같은 자료가 될 것임이 분명했다. 일본인으로 이처럼 조선의 내밀한 집안 속까지 들여다본 사람이 또 있었을까.

김인승은 다케후지에게 말을 많이 하지 말 것을 주문하였다. 말을 많이 하다 보면 어눌한 조선말이 나올 수 있기 때문이다. 일본인들은 받침 발음을 천성적으로 잘 못하기 때문에 막힌 발음을 해야 할 곳에서 트인 발음을 하여 두 자로 나누어 말을 했다. 물론 머리 좋고 눈치 빠른 다케후지이기 때문에 김인승보다 오히려 앞질러 처신을 잘하고 있었다. 가히 일본의 손색없는 외교관다웠다.

그들은 어느덧 경기도를 걷고 있었다. 경기도는 들판만 보아도 척박한 북방 영토와는 달리 기름져 보였고 사람도 더 윤택해 보였다. 어느덧 축석령에 도착하였는지 축석령에서 서오랑점까지 10리라는 이정표가 보인다. 서오랑점에서 의정부까지도 10리, 의정부에서 누원樓院까지는 8리이다. 서울 쪽인 성황당 마을을 상누원이라 하고 의정부 쪽을 하누원이라 하였다.

누원의 명칭은 이곳에 누원점이라는 상점이 생기게 되면서 우리말로 '다락원'이라고 부르게 되었는데 상당히 크고 번성한 곳이다. 조선 시대 관북 지방에서는 그 물류들이 한양에 닿기 전에 모이는 곳이 바로 다락원이었다. 물류의 품목은 강원도와 함경도 일대에서 포획한 건어물이 주종이었다. 그런데 어차피 한양으로 가던 길이니 곧바로 가면 될 터인데 장사꾼들은 꼭 다락원에 일단 머물렀던 것이다. 거기에는 이유가 있었다.

한성부에서는 금난전禁亂廛을 시행하고 있어서 아무나 난전을 벌일 수 없었고, 허가를 받은 시전市廛 상인들만이 특혜를 누리고 있었다. 그러나 다락원은 양주 땅이기 때문에 한성부의 이런 상거래 제약을 받을 필요가 없었다. 이와 같은 지역적 특성 때문에 도성에서 찾아온 사상인들과 거래가 저절로 트이게 되고, 더 나아가 시전 상인이 아닌 송파 등지의 상인까지 연결되어 매점을 하게 되었다. 따라서 다락원 시장은 한양의 시전을 위협할 만큼 큰 상권을 이루게 되며 이름이 알려지게 되었다.

이곳 다락원에는 덕혜원이라는 공공 숙박 시설이 있었다. 다락원 주변에는 상주하는 인구가 상당히 많아 다수의 마을이 존재했다. 누원 마을 · 장수 마을 등이 그것인데, 장수 마을은 원내에 솟는 우물 맛이 일품이어서 그 우물을 마시면 장수한다고 해서 붙여진 이름이었다. 이 외에도 영국리, 암회리, 소라리, 마산리, 각심리, 그리고 삼각산 밑 우이리까지 포함하고 있었다. 원 주변에는 주막이 여러 개 붙박이로 있고 기생도 꼬리를 흔들며 눈웃음을 치고 지나가고 있었다.

둘은 한양을 눈앞에 두고 덕혜원에 투숙하기로 하였다. 김인승과 다케후지가 방에서 식사를 하고 있는데 옆방에서 큰소리가 나고 있었다. 필경 엉덩판이 요란스런 그 계집 때문일 것이다.

"야, 너는 지조도 없냐. 금방 우리 방에서 놀아나던 기집이 눈 깜박할 사이에 다른 사내 품에 안겨도 되는 거야?"

"아이구 이 양반, 손님은 당신네들 뿐이랍디까? 그리고 기생한테 무슨 지조 타령입니까?"

"거 참 말이 지나치지 않음매? 그리고 초심아, 너는 그 방에서 자리를 잡았으면 손님 접대를 한참은 하고 와야지비 쇠양쥐처럼 이 방 저 방을 들락날락하니 손님이 뿔이 나실 게 아니지비? 어서 그 방으로 다시 건너갑세."

"거 인심하나 좋소. 그럼 데려갑니다. 따라오너라."

아니나 다를까 자기 방에 있던 기생이 금방 보이지 않아서 들어보니 다른 방에서 킬킬대고 있는 소리가 들림으로 한 사내가 의기 있게 그 방문을 젖히고 하는 말에, 기생이 대꾸하고, 그 방 손님이 점잖은 척 양보하며 일이 마무리된 성싶었다. 그런데 한참 후에 이번에는 마당의 평상에서 또 큰 소리가 들린다. 문을 열고 들어보니 아까 약간의 다툼이 있었던 두 방의 손님이 이번에는 평상에서 탁주상을 벌리고 한 잔씩 걸치다가 맞붙은 것 같았다.

"뭐요? 그럼 나라를 외국에 다 내줘야 한단 말이오?"

"나라를 내주는 게 아니고 개국을 해서 다른 나라들의 사는 모습도 보고 다른 사람의 충고도 받아들여서 우리도 고립되지 말고 외국과 어깨를 나란히 하자는 말이지비."

"당신은 종로 네거리에 세워진 대원위 대감의 척화비도 보지 않았소? '양이침범洋夷侵犯에, 비전즉화非戰則和니, 주화매국主和賣國이라'. 서양 오랑캐가 침입하는 마당에, 싸우지 않으면 화친하잔 말인데, 화친하잔 놈은 매국노다. 당신 매국노 아니여, 이거?"

"무시기 매국노? 이 종간나새끼 봐라이!"

"뭐 이 자식이!"

둘이는 눈 깜짝할 사이에 뒤엉켜서 주먹이 오가고 옷이 찢어지고 코피가 터지고 난리가 났다. 양쪽 손님들이 말린다고 뒤엉키는데 말리는 사람끼리도 멱살잡이가 벌어진다.

덕혜원의 모든 손님의 구경거리가 났다.

보자 하니 아까부터 기생을 양보하고 개화를 주장하는 쪽은 함경도 상인인 것 같고 상대는 서울 상인인 성싶었다.

대원군의 척화비는 종로 네 거리와 전국 각지 요소요소에 세워졌다. 주 내용 다음의 작은 글씨를 보면, '계아만년자손戒我萬年子孫하니, 병인작신미립丙寅作辛未立이라'. 우리 만대 자손에게 경계하노라, 병인년에 짓고 신미년에 세우다로 되어 있다. 비문을 지은 병인년1866은 미국의 제너럴셔먼호 사건과 불란서의 침공을 물리치던 해로, 그때 쓰긴 썼으나 정말 쇄국이 옳은지 자신이 서지 않아 미루던 참이었는데 4년 전 신미년1871에 미국의 재침까지 물리치고 나서는 자신만만하게 전국 각지에 건립 공포하기에 이른 것이었다.

다케후지는 조선인의 싸움을 처음 구경하고 놀라 얼굴이 새파래졌다. 일본에는 그런 싸움이 없기 때문이다. 일본에서는 싸움이 벌어지는 일은 거의 없다. 욕도 거의 없다. 욕이라고 해봤자 오직 야로놈와 빠가馬鹿, 바보. 말과 사슴도 구별 못하는 사람의 두 개가 있을 정도이다. 서로 카타나큰 칼를 앞으로 자루가 나오게 질끈 꽂고 있는 전통이 있기 때문에 최대한 감정을 절제하고 말을 자제한다. 만약 일이 벌어질 단계가 되면 한쪽에서 금방 무릎을 꿇고 큰 소리로 "유루시테 구다사이마세용서해 주십시오!"하고 빌어 버리고 만다. 그것은 대개의 경우 약자이여서도 아니고 비겁해서도 아니다. 그렇게 하여 그 자리를 모면하는 것이 서로가 좋기 때문이다. 만약 한쪽이 양보하지 않고 같이 일어선다면 그때는 생사를 장담할 수 없는 사달이 벌어지고야 만다. 한편, 그러기 때문에 잘못했다고 빈다고 해서 그것이 진심도 아니다. 그래서 일본인은 상대가 사죄를 할 때 가장 조심해야 한다. 머리를 조아리고 빌면서 번개처럼 비수가 들어오기 때문이다. 다케후지는 조선인의 다툼을 러시아에서는 잘 보지 못하였기 때문에 바짝 긴장할 수밖에 없었다.

김인승과 다케후지의 서울 유력

1

'성저십리城底十里'라 하더니 한양이 가까워 오자 가히 도성 밖 10리에서부터 한양이 시작되고 있었다. 도성 안으로 들어가려면 성문을 통과하여야 한다. 한양 성곽에는 4개의 대문이 있는데 그것만으로는 인마와 물품의 운송이 쉽지 않기 때문에 대문 사이사이에 혜화문, 광희문, 서소문, 창의문의 사소문을 두어 도합 8개의 문을 두고 있었다. 이 중에서 북문인 숙정문과 서북쪽 소문인 창의문은 거의 통행을 하지 않고 있었다. 북쪽에 문이 열려 있으면 여성이 음탕해진다는 속설이 있어서 잘 개방하지 않고 있었던 것이다.

평해와 봉화, 그리고 경홍대로의 관문이 되는 것은 홍인지문이었는데 때로는 혜화문을 통과하기도 하였다. 김인승과 다케후지는 강원도 약초 상인들 사이에 끼어 당당히 홍인지문을 통과하였다.

홍인지문興仁之門은 청계천의 물이 빠져나가는 하류이니만큼 서울에서 지대가 가장 낮고 취약한 부분이라고 해서 중간에 갈지之 자를 넣어 기를 보완한 것이었다. 다른 서쪽의 돈의문, 남쪽의 숭례문, 북쪽의 숙정문은 모두 3자인데 비하여 홍인지문만 4자인 이유가 거기에 있었다. 홍인지문으로 들어오는 사람은 강원도 약초 장사들이 많았는데 해를 등지고 아침 일찍 입성하기 때문에 목덜미가 까맣게 탄 반면에, 서해를 따라 올라와서 숭례문을 통과한 젓갈 장사들은 해를 정면으로 마주해서 얼굴이 까맣게 탔다. 그래서 서울 사람들은 얼굴만 봐도 어느 문을 통과해서 들어온 어느 쪽 상인이라는 것을 알아보곤 하였다.

홍인지문 쪽에서 돈의문 쪽으로 동서를 관통하는 종로는 서울의 중심축이 되는 거리로 시전 상인들이 늘어서 있다. 시전 가운데서도 가장 인기 있는 비단, 무명, 명주, 모시, 종이, 생선을 주로 궁중과 관부에 독점 공급하던 6종의 어용 상점은 육의전이라 하여 가장 유명하였다.

한양에는 각계각층의 사람들이 모여 살았다. 지금의 청운동, 안국동, 가회동 일대에 해당하는 지역이 명문 세도가들이 모여 사는 북촌이다. 종로 길을 따라서는 시전 상점들이 늘어서 있고, 청계천 일대에는 행정 실무를 담당했던 아전들이 많이 살고 있었다. 남산 밑에는 그늘진 곳이라고 하여 몰락한 양반들이 많이 살고 있었다.

김인승과 다케후지는 북촌의 어느 솟을대문 앞에 이르렀다. 높은 대문에 달린 쇠고리를 울리며 "이리 오너라!"를 연발하였다. 이곳은 아오지 원민 남필만의 여동생 삼례가 여부인으로 있는 이조판서 조성하의 저택이다.

조성하는 익종순조의 세자이며 추존왕의 왕비 신정왕후의 친정 조카이다. 신정왕후의 본관은 풍양 조씨이고 풍은부원군 만영의 딸이다. 그녀는 순조의 세자빈에 책봉되었고 아들 헌종이 즉위하자 왕대비가 되었으며, 이어서 다음 철종의 대왕대비로 진봉되었다. 철종이 승하하자 발 빠르게 홍선대원군 이하응의 둘째아들고종을 즉위하게 하여 대왕대비로서 수렴청정하였고 대원군에게 정책 결정권을 주어 대원군의 집정을 허락하였다.

풍양 조씨 조병준의 아들인 조성하는 철종 12년1861에 식년시 을과에 급제하여 규장각대교, 홍문관 부수찬을 거쳐 1864년 고종 즉위와 함께 동부승지에 특제特除되었던 인물이다. 그 뒤 홍문관 부제학이 되었고 이조참의가 되었으나 중용되지 못하고 있다가 명성황후를 지지하여, 대원군 실각

후 1874년에 평안도 관찰사가 되었다.

한편 순조, 헌종, 철종 3대에 걸쳐 세도정치를 한 안동 김씨는 철종이 후사가 없자 뒤를 이을 국왕 후보를 두고 왕손들을 지극히 경계하고 있었다. 안동 김씨의 화를 피하여 시정의 불한당 천희연, 하정일, 장순규, 안필주와 어울려 방탕한 생활을 자행하며 고비를 피해 오던 이하응은 조성하를 통하여 궁중 최고의 어르신 조대비와 긴밀한 연락을 취했다. 조성하는 처음에는 흥선대원군과 뜻이 맞았으나 나중에는 민씨 일파와 손을 잡고 오히려 대원군 배척에 가담하였다. 대원군이 실각된 현 시점에서는 정계의 실세인 셈이었다.

삼례는 오라비의 편지를 가져왔다는 말만 듣고도 눈물이 펑펑 쏟아진다.

"오라버님의 편지를 가져오셨다고요? 어서 주십시오. 저의 친정은 다 무고하십니까. 친정 소식을 들은 지가 얼마 만인지 모르겠습니다."

"네, 여기 가져왔습니다. 저는 남필만과 친구 사이이고 이 사람은 제 동생 김인철입니다."

삼례는 편지를 읽으면서 설움이 복받치는지 눈물을 뚝뚝 흘린다. 편지를 다 읽더니 한참 동안 얼굴을 가리고 흐느낀다.

"친정이 별고 없으신 것 같으니 안심입니다. 그건 그렇고

숙식하실 곳이나 있으십니까? 없으시다면 저의 사랑에 머무르십시오. 몇 날 며칠이고 좋습니다. 지금 다른 식객이 상당 수 있습니다. 같이 이야기도 나누시고 한양 구경도 하시고 볼 일도 보십시오."

남필만의 편지에는 남필만이 농민 봉기에 참여했다는 말도 없고 자기 부인이 주리가 틀려서 실성했다는 말도 없었다. 그저 잘 있으니 안심하라는 말과 건강하고 대감을 잘 모시라는 당부의 말들만 있었다. 둘은 큰 사랑의 방을 배당받았다. 방은 깨끗하고 조촐하여 지체 있는 선비가 머무르던 방인 것 같았다. 문갑이 놓여 있고 병풍도 쳐져 있으며 정갈한 가죽나무 좌탁에 방 한 켠에는 죽부인도 놓여 있다.

판서댁의 사랑채는 세 곳으로 나뉘었다. 집주인은 과객의 학문과 됨됨이를 보아서 아주 고명한 손님은 큰 사랑에, 더 밑의 손님은 작은 사랑에, 평범한 과객은 행랑채에 머물게 했다. 행랑채는 신분이 낮은 하인들이 거주하는 곳인데 그들과 같이 머무르게 한 것이다.

판서댁은 여러 채의 고래등 같은 기와집으로 이루어져 있었다. 안채는 '내부'라고 했듯이 가장 안에 자리 잡고 있으며 안방과 건넌방 등으로 이루어지고, 가운데는 널찍한 대청이 가로 놓여 있었다. 사랑채는 두 채로 이루어져 있는데 안채와 사랑채 사이에 헛담이라는 것이 있어 함부로 안채를 들여다보지 못하게 되어 있었다. 대갓집은 그 자체가 벌써 대단한 위엄을 지니고 있었다.

김인승과 다케후지는 걸게 식사 대접을 받고 하룻밤 투숙하였다. 사랑에는 다른 식객들도 꽤 있었다. 조선의 대갓집은 늘 식객들로 붐볐는데, 주인이 허락해 주면 몇 날 며칠, 심지어는 일 년 이상도 머물면서 잔심부름을 해주곤 했다. 그러다 이제 그만 떠났으면 할 때, 주인은 밥상의 반찬 위치를 바꾸어 의중을 알렸다. 어느 날 된장찌개며 김치, 깍두기 같은 것이 놓는 자리가 모두 바뀌어 있으면, 이제 떠났으면 한다는 암시인 것이다.

다음 날, 둘은 한양을 둘러보기 위해 북촌에서 광화문 쪽으로 걸어 나왔다. 관청거리는 보기만 해도 조선 왕조의 규모를 짐작할 만했다. 경복궁에서 남쪽으로 혜정교를 건너 시전거리를 지났다. 종루에서 오른쪽으로 꺾어 숭례문 근처에 이르렀을 때, 어디선가 길 잡는 소리가 들렸다.

"물렀거라! 임금님 행차시다. 물렀거라!"

사위가 뒤숭숭하다가 일순간 조용해졌다. 어가 행렬이 숭례문을 통과하여 궁성 쪽으로 향하고 있었다. 왕이 도성 밖을 나갔다 돌아오는 행차는 선대왕과 왕비의 능에 가는 경우나 질병 치료를 위해 온천에 가는 정도였다. 경기 지방을 벗어나는 일도 거의 없었다.

말 탄 호위무사 세 명이 앞장서고 어가 바로 앞에는 좌우로 5, 6인씩 기치를 든 호위대가 따랐다. 대부분의 백성들이 고개를 숙이거나 땅에 엎드렸다. 다케후지는 어가가 가까이 오자 얼굴을 들어 조선왕을 바라보았다. 20대 초반의 동안, 한없이 부드럽고 인자한 모습이었다. 그러나 호위무사들은 긴장하는 빛이 없었다. 백성들과의 거리가 좁혀져도 크게 경계하지 않는 듯했다. 조선왕과 다케후지의 거리가 채 열 걸음도 되지 않았다. 일국의 왕을 이토록 허술하게 경호하는 나라가 또 있을까. 만약 일본 자객들이 급습한다면 속수무책 당할 것처럼 보였다. 일본에선 천황의 행차라는 말을 들어본 적이 없었다. 백성이 천황의 얼굴을 본다는 것은 감히 상상조차 할 수 없는 일이었다.

2

저녁 식사가 끝나고 담배 두어 대 피울 시간이나 지났을까? 삼례가 시종 두 사람과 바쁜 걸음으로 큰 사랑을 들렀다.

“제가 친정 쪽에서 사람이 왔다고 했더니 영감님께서 이리로 오서서 뵙겠다고 하십니다.”

“대감께서 여기를 오신다고요? 이런 황감할 데가.”

둘이는 급히 옷매무새를 바르게 하고 대감을 맞을 채비를 하였다. 오늘 모처럼 일찍 퇴궁하였다는 조판서는 아직 마흔도 되지 않은 패기에 찬 젊은 조선 관료였다. 화색 좋은 얼굴에 붉은 입술하며 짙은 눈썹은 길게 일자로 자리 잡고 광대뼈가 약간 튀어나온 것이 충분히 뻐대 있는 정견을 펼 수 있는 정객이란 인상을 주었다. 조성하는 성큼성큼 걸어 들어와 보료에 앉아 팔걸이에 팔을 올려놓았다.

“경홍에서 오셨다구요? 먼 길을 오시느라 노고가 많았습니다.”

“처음 뵙겠습니다. 이렇게 뵙게 되어서 정말 광영입니다. 저는 남필만의 친구 김인승이고 이쪽은 제 동생 김인철입니다.”

“처가도 무고하고 형님도 잘 계십니까. 함경도는 토질이 척박한데 살기가 곤고하지요?”

“네, 모두 무고합니다. 솔직히 말씀드리면 백성들은 너무나 살기 어렵습니다. 아사자가 속출하고 월경 탈주자도 속출하고 있습니다.”

“네, 들어서 잘 알고 있습니다. 그런데 요새 나라가 하도

뒤숭숭하여 편벽된 지역에까지 충분한 시정을 베풀 여유가 없습니다. 계씨는 아직 젊으신데 입문은 하셨습니까.”

“학문이 부족하여 아직 입문하지 못하고 있습니다.”

“저나 동생은 아직 백면서생에 지나지 않습니다. 내년부터는 과거를 봐 볼까 하고 견문차 한양 구경을 나왔습니다.”

“저, 방금 말씀에 나라가 뒤숭숭하다고 하셨는데 그것은 어떤 의미신지?”

다케후지가 먼저 정가 소식을 묻는 셈이 되었다. 김인승도 그 말이 나왔으면 하던 차 다케후지가 꺼내 줘서 잘 됐다 싶은 생각이 들었다. 김인승은 다케후지가 될수록 말을 적게 해주기를 바랐으나 이날따라 잘 알아듣고 조선어도 정확히 나오고 있었다. 그래도 마음이 조마조마 하였다.

조성하가 말했다.

“아시다시피 일본이 강화도에서 우리 포대를 격파되고 영종도를 점령하는 이변이 있었지 않습니까? 국가를 위해서는 불행한 일이나 차라리 좋은 기회가 왔다는 쪽도 있습니다. 나도 후자에 속하는 편입니다.”

“제가 뭐 알겠습니까만 대감 판단이 옳으신 것 같습니다. 너무 나라가 폐쇄되어 있어도 좋지 않다고 사료됩니다.”

“계씨는 아주 식견이 넓으신 것 같습니다. 그렇습니다. 북양대신도 전부터 조선의 개방을 주장해 왔고, 국내에서도 그에 고무되어 자헌대부를 비롯해 개방을 지지하는 세력이 상당수입니다. 우의정 같은 분은 병인양요, 신미양요의 직접 당사자인데도 개국을 원칙으로 하고 계시지요. 단 개국은 해야 하지만 대원위 대감 때처럼 강력한 힘을 가지고 주체적으로 해야지 피동적으로 끌려가서는 안 된다는 주장입니다.

"대원위 대감은 척화비까지 세우며 개국을 절대 반대하고 계신다고 들었습니다."

"그렇습니다. 그래서 대원위 대감이 정계를 떠나 계시는 지금이 좋은 기회일 수 있습니다. 황후께서는 대원위 대감의 형님을 등용시켜 대원위 대감을 견제하고 계십니다. 단 다수의 백성들은 양귀자洋鬼子나 왜인들과 손을 잡는 것을 불안해하고 있습니다."

여기서 북양대신이란 청국 북양군무대신 리훙장李鴻章을 말한다. 그는 청의 자국 외교권을 한 손에 쥐고 있었으며 조선 외교까지 그의 전유물이나 되는 것처럼 관여하고 있었다. 실지 조선은 북양해군에 소속된 지역이라고 해도 과언이 아니었다.

우의정이라 함은 박규수를 말한다. 그는 병인양요 때에도 제너럴셔먼호를 불살라 버리고 신미양요 때에도 미국의 발호를 격퇴하던 장본인이지만 실은 그의 성향은 진보적이었다. 그는 서양 문물의 우수성을 인정하고 서양 열강과의 교역을 통해 이용후생의 서기西器를 배워 부국강병을 추진할 것을 주장하였다. 그의 개국 통상론은 그가 추종하던 북학의 외국 교류론과 두 차례의 연행 사절에서 터득한 세계 정세에 대한 인식에서 연유한 것이었다. 그는 첫 번째 청국행인 1861년 이전에 이미 『해국도지』 같은 책을 통하여 미국이 예의를 숭상하는 부국이며 국제 분쟁을 잘 해결해 주는 나라로 인식하고 있었다. 두 번째 청국행인 1872에는 청나라가 서구 열강의 침략에 대처하여 펼치는 양무운동의 일정한 효과를 목격하고 개국 통상론의 유효성을 확신하였다. 1874년경부터 김옥균 등 젊은 양반가 지식인들은 박규수의 집을 드나들면서, 북학파의 학문과 해외 사정에 대해 지도를 받으며 자헌대부와도 접촉을 가지게 되었다. 박규수의 대원군 치하에서 실행할 수 없었던 대미 개국 통상론은 운요호사건을 개기로 대일 개국론으로 전환되고 있었다.

자헌대부란 오경석아버지는 당상역관 오응현, 아들은 3·1 운동 33인의 한 사람인 오세창을 말한다. 16세에 역과에 합격하고 그의 다섯 형제가 모두 역관일 만큼 전통적 중인 출신인 청어 통역관 오경석은 시서와 금석의 대가였던 이상적에게 한어청어와 금석, 서화를 배웠고, 가학家學으로 북학파인 박제가의 실학을 공부하였다. 역관으로 열세 차례나 중국을 왕래하였으며 1860년 10월에 진하 겸 사은사 신석우 일행을 따라 북경에 갔다가 이듬해 3월에 귀국하는데, 이때 영불 연합군의 북경 점령 사건을 체험하기도 한다. 병인양요가 일어나기 직전 프랑스 동양 함대의 조선 침공이 준비되자 조선 정부가 사태를 해명하고 정세를 탐지하기 위하여 청국에 파견한 주청사 일행의 역관으로 다시 북경에 가게 되었다. 그는 돌아와, 지형을 이용해 굳게 지키고 가능한 한 싸움을 피하면서 지연 작전을 쓰면 이길 수 있을 것이라는 내용을 정부에 보고하였다. 그의 이러한 보고는 조선이 프랑스군을 물리치는 데 크게 도움이 되었다. 그는 미국이 수호통상조규의 체결과 개국을 요청해 오자 대원군에게 미국과의 외교 수립을 주장하고 개항을 건의했지만 대원군은 이를 받아들이지 않았다. 그러나 1871년 미국 군함이 무력 행사를 하며 신미양요를 일으키자, 이에는 단호하게 대처할 것을 주창하여 자주성을 잃은 타율적 개국에는 반대한다는 입장을 분명히 했다. 1872년에는 박규수가 동지정사로 청국에 갈 때 수역首譯으로서 수행했는데, 이러한 인연을 바탕으로 조선의 정치와 개국의 문제에 대하여 뜻을 같이 할 수 있었고, 그 후 개화파의 형성에 박규수와 함께 큰 영향력을 발휘하고 있었다.

때마침 나이 어려 즉위한 고종은 성인이 되자 부친을 대신하여 직접 정치를 주관하고자 하였다. 그때 대원군의 집권을 비판하는 최익현의 상소가 올라오자, 고종은 과감하게 최익현을 호조참판에 임명하며 반 대원군 세력을 배경으로 친정을 시작하였다. 먼저 대원군 세력이었던 영돈령부사 홍순목과 좌의정 강로, 우의정 한계원을 파직하고, 영의정에는 이유원을, 우의정에는 박규수를 새로 임명한다. 대원군 정권의 무력적 기반은 삼군부였는데, 고종은 자신의 정치 세력을 위하여 삼군부를 약화시키고 새로 무위소武衛所를 설치한다. 한편 대원군의 친형인 이최응을 영의정으로 등용하여 대원군 집권의 명분을 축소시키는 반면, 김병국을 통해 여전히 기세를 보이고 있는 안동 김씨 세력과도 연합하여 정권을 유지하려 하였다. 명성황후와 대원군과의 권력 투쟁은 마치 고종이 주인공이 아니고 명성황후와 대원군이 정치를 하는 느낌이었다.

김인승과 다케후지는 다음 날도 한양 성내를 샅샅이 뒤지고 다녔다. 마포나루의 한 객줏집 평상에 걸터앉았을 때 옆 자리에서는 역시 강화도 포격에 대한 격론이 벌어지고 있었다.

"지미, 그럼 왜놈들하고 손을 잡자는 거여 뭐여?"

"그래도 일본하고 손잡는 게 낫제, 그래도 이렇게 외톨이로 살다가 서양한테 맥히는 것보다야 낫제. 그래도 일본은 같은 동양 아니가. 어이, 서울 양반 당신은 어떻게 생각하는 기요? 말 좀 해 보소."

"차라리 먹혀도 서양한테 먹히는 것이 낫지, 일본놈한테는 절대 안 돼요. 왜놈들이 누군지 몰라서 그러세요? 임진왜란도 잊었어요? 우리나라를 사흘이 멀다 하고 쳐들어온 왜구도 잊었어요? 언제 한 번이라도 왜놈들이 우리를 위해서 좋은 일을 한 적이 있습니까?"

"말라꼬? 코쟁이 놈들하고 손을 잡는 편이 낫다꼬?"

"왜놈들보다야 불란서나 미국이 낫제. 할려면 그때 했어야 혀. 제일 좋은 것은 이놈도 저놈도 다 물리치는 것이 제일 좋고 좆도."

이번에 일본 외무성의 두 사람은 조선의 내부 사정을 너무나 샅샅이 알아 버리고 만 것 같다. 가히 김인승 다케후지가 아니고는 이룰 수 없는 큰 성과였다.

〈하권에서 계속〉